让流量飞

刘欢喜 Liu Huan Xi ——著

江苏人民出版社

图书在版编目(CIP)数据

让流量飞 / 刘欢喜著. —— 南京：江苏人民出版社，
2021.10
ISBN 978-7-214-26169-4

Ⅰ.①让… Ⅱ.①刘… Ⅲ.①中篇小说-小说集-中
国-当代②短篇小说-小说集-中国-当代 Ⅳ.①I247.7

中国版本图书馆 CIP 数据核字(2021)第 199110 号

书　　名　让流量飞
著　　者　刘欢喜
责任编辑　鲁从阳
责任校对　王翔宇
出版发行　江苏人民出版社
地　　址　南京市湖南路 1 号 A 楼，邮编：210009
网　　址　http://www.jspph.com
照　　排　力扬文化
印　　刷　成都兴怡包装装潢有限公司
开　　本　880×1230 毫米　1/32
印　　张　7.75
字　　数　155 千
版　　次　2021 年 11 月第 1 版
印　　次　2022 年 1 月第 1 次印刷
标准书号　978-7-214-26169-4
定　　价　58.00 元
（江苏人民出版社图书凡印装错误可向承印厂调换）

CONTENTS

目录

渔人码头

露露真大胆，今天早晨9点就发微信：**今晚6点，渔人码头，不见不散**。那时，我正在主任办公室听他安排突发任务。微信"嘀"的一声，我趁主任没注意，用手按了一下手机，看到这行字在闪，像十字路口的红色信号灯。我有了冒汗的感觉，浑身打了个寒战。我在心里狠狠地骂她。

主任说："昨晚，田河老婆发微信朋友圈的内容，知道了吗？它就像一场突然暴发的山洪，瞬间席卷了整个沙洲市，在网络上不停泛滥蔓延。"主任说得很气愤。能不气愤吗？单位出了这么大的桃色新闻。

我站在主任办公桌对面点了点头，说："我是七点起床蹲厕所看微信朋友圈时，在他老婆杜芝朋友圈看到的，没想到扩散得这么快。"

主任接着说:"早晨七点半,市委主要领导就给局长打了电话,把局长狠狠地批评了一通,要求局长断然采取措施,尽快给社会一个交代,平复舆情。"主任说到这时,端起茶杯喝了一口。他打开茶杯,飘出了几股热气。他喝完后别有深意地盯着我看了几眼。露露的微信让我心里发毛,一个响嗝刚要从喉咙里往外喷,就被我用右手捂嘴摁住了。为了掩饰自己,我把目光移到了他办公桌的报纸上。主任又说:"田河已被停职了,经集体研究,由你来负责调查此事。"

从主任办公室出来,我跑到洗手间撒尿。我一边撒尿,一边给露露回复:好。尿了半天,居然没尿出几滴。

跟露露有多长时间了?我已说不准。但是,我记住了尴尬的开始。那次,我的一个发小,现在是包工头,他要承包歌舞团的剧院改造,请歌舞团的领导吃饭。为了摆场子,要找人去站台。他做包工头这么多年了,也没攀上高枝,打电话给我说,要我一定帮他去站台。我说:"在沙洲我哪根葱都算不上,你去找其他人吧。"他居然在电话里说:"叔,你不帮我站台,事情就要黄了。"他喊我一声叔,让我非常震惊。我俩年纪相仿,从小长到中年,他从来没这样喊我,一直直呼我的名字。按辈分,我是他的叔辈。这一声,让我知道他可能是没辙了。我只能充当一回人物,装模作样地壮着胆子帮他站台。就是在这个饭局上遇见了露露。她一头干练的短发,凹凸有致的腰身,性感中透出青春与成熟。露露究竟是发小叫来捧场的,还是歌舞团领导喊来暖场的,我不得而知。反正是喝了几轮酒之后,我就黏上了。我跟露露连干三杯后，拿出手机倒腾了一阵，从文件夹里点开一首诗给她看。她那时脸上已荡漾起红晕，扑闪着调皮的眼神。她抢过我的手机，就大声读了起来：

冬至[①]

作为人间的匆匆过客
我没有理由曰避冬至
如果回避
简单的人生
也会缺少一种历练

阴极之至　匀气始生
我站在北半球的一角
看见昼短夜长的冬至来了
这一天　所有隐现的阳光
都将透过你握着风的掌心
直射在南回归线上
日二　便毫不犹豫地走进数九寒天

冬三如年
过节的气氛在乡村拥挤的圩市里
肆无忌惮地宣泄

我没有选择参与

依然和往常一样

陪着草垛伫立在寒风中

忆苦思甜

其实　许多带着寒意的往事

都会在逢年过节时想起

眼泪纷飞时

母亲便会唤我的乳名回家

依着她暖暖的火塘

心　才会慢慢地亮堂起来

　　其他客人都停止了高谈阔论，安静地听露露把诗读完。她读完后大声说："好诗。"然后，她举起酒杯说："来，为诗人干一杯。"

　　是的，我曾经是一个狂热的校园诗人。上大学时，正是 20 世纪 90 年代初期，大学校园尽管已再没有 20 世纪 80 年代文学狂热的盛况，但大学生正处于多情多梦荷尔蒙泛滥的青春年华。诗歌依然是青春年华张扬表达的最佳形式。我们在班上组织诗社，我是社长，田河、杜芝是主要成员。我们每周搞一次诗歌朗诵会，半个月一次诗歌沙龙，一个月油印一份诗歌报。那种激情与热爱，不输 80 年代的前辈。一段时间的狂热后，我与杜芝的感情也狂热起来。一次，我跟她在南山的望风亭一起读叶芝的《当你老了》。读完后，她的眼圈居然红肿了起来，眼泪"哗哗"滚了出来，真是多愁善感。我刚伸出手去帮她擦拭，她顺势就躺进了我的怀里。那次，我慌乱地吻了她，她也慌乱着。那是我的初吻。但是这样幸福的日子没有满月，却因为一次诗歌沙龙，杜芝跟我决绝地分了手，她投入了田河的怀抱。那次诗歌沙龙，我们讨论北岛的诗歌作品《生活》：网。北岛是朦胧诗的代表人物。这首诗让我们有很多不同的解读。最有代表性的就是我跟田河两派。大家认为，生活就是各种网，社会网、人情网、关系网、工作网……关键是我们对各种网的态度。我说："人是各种网里的主体，大家要破网而生，敢于打破各种禁锢，不要画地为牢，成为各种网里的英雄。"很多同学赞同我的观点，并加以补充强化。田河说："人要顺势而为，遵守规则，适应规则，不要胡乱猛打猛冲，最后成了各种网的牺牲品。"杜芝赞同田河的观点，她认为将来田河走向社会，会走得稳，靠谱，不会栽跟头，而我将来会成为一头犟牛，会被撞得头破血流。是呀，我的头第一次破了，就是被杜芝打破的。

露露又跟我干了一杯。之后，她拿出手机玩了一分钟，然后把手机递给我说："刚百度了《冬至》这首诗的作者，你是汤松波吗？"我说："我是汤松波，汤松波是我的笔名。我的真名叫何大卫，为了在工作上不受影响，所以我发作品用笔名。"她深信不疑，盯着我认真地问：

"诗是不是要走心？"

我被她问得有点愣怔，好几秒后才大声笑着说："走肉呢，酒肉穿肠过。"

于是，她疑惑地看着我。我发现她的目光里似乎有浓重的忧郁。我马上躲闪开，端起酒杯说："来来来，接着干。"我们把其他客人都冷落了，饭局好像是我俩的对饮。

后来，我断片了。第二天醒来时，发现自己赤身裸体地躺在露露的旁边。她正满足地打着轻微的鼾声。我匆忙起来，胡乱穿上衣服，逃了。上午，到办公室后，收到露露的微信：没事吧？微信一语双关，意味深长。我立即回复：平安无事。

大学毕业时，我分进了沙洲市局机关，田河分在县局机关，杜芝分在市妇联。我跟田河因工作单位的层级关系，一年常见几次。我们都忙于仕途，忙于结婚生子，没再写诗。诗歌，已经是心里日渐淡忘的记忆。田河和杜芝毕业两年后就结婚了。他俩结婚时，也没摆酒宴，只邀请了双方的至亲、几个在沙洲市的同学和杜芝要好的女同事，在家里吃了一顿晚餐。我也被邀请了。我买了一束百合花，下班时匆匆赶过去，送上祝福。那天，杜芝穿了一身红色旗袍，扎了头髻，化了淡妆，沉醉在新婚的幸福和喜悦旦。我看到她后，居然想起她跟我一起读叶芝的《当你老了》时流出的眼泪，一时分了神。田河递上一支香烟，说："大卫，坐吧，坐下来咱们好好喝几杯。"他递烟时，杜芝左手扶在他的肩上，侧身靠在他怀里，小鸟依人，脸上荡漾着甜蜜的笑容。可是，我喉咙像受了凉，打出了一个嗝，很响亮的。听到我失态的打嗝声，一桌人都望着我。我用双手捂住自己的脸，脸丢尽了。站在旁边的同学说："大卫，你眼红啥?"我弄不清楚自己为什么会打一个响嗝，直到现在心急时也常不由自主地打。这个怪毛病跟随了我大半辈子。最后，我无法心如止水地参加他俩的婚宴，落荒而逃。

　　杜芝生孩子后，据说得了产后抑郁症。田河每天都要坐班车从县里回市里照料她。如果不回去，她就在家哭，有时比幼小的孩子哭得还凶。有一次，田河陪领导下到偏远的乡镇，只能在镇里住上一晚。杜芝从晚上 9 点开始哭，到半夜 12 点了也没消停，帮她带孩子的母亲实在无奈，叫上出租车，带上她和孩子，跑到了田河出差的镇上。杜芝见到田河后，哭声戛然而止。田河就是杜芝的特效药。从此以后，县局只安排田河做一些日常事务性的工作。我有时陪领导下县里检查工作，县里的同志常对我说，田河这辈子就这样了，他的心里只有老婆。是的，毕业 20 多年了，仕途上没有进步，股长都未当上。那次去他们县里，因很长时间未见到他了，我在出发前特意给他打电话，让他在县里等我，一起吃个晚餐聊聊。我忙完走出会议室时，他一直等在外面。见我出来后，他说："领导，我还要坐最后一班车回去陪杜芝。杜芝的病越来越严重了。你有什么指示?"他喊我一声领导，让我起了鸡皮疙瘩，越发觉得他多么地甘于平庸，生活的全部就是杜芝。那个曾经一起办诗社的人，那个一起辩论北岛《生活》的人，那个意气风发的人，那个曾经跟我争女人的人，已消失得无影无踪。

一个百无聊赖的上午，我把办公室的报纸全部读完了，连夹缝里的征婚启事都没放过，然后拿手机翻看微信朋友圈。露露在朋友圈晒出在某景区性感袭人的玉照。这时，我才想起那夜后，差不多有半个月未与她联系。我无聊而随意地给她发了"咖啡"图案。过了十秒，她给我回了一个"拥抱"的图案。那个拥抱就像火凤凰，撩拨着我心中无趣、死沉的弦。我们接着一阵热聊，仿佛热恋中的情侣。最后，她提出中餐去沙丘咖啡厅喝咖啡吃牛扒。我像特工一样隐秘地赶过去。露露落落大方地在一个卡座里坐着，正有滋有味地品着拿铁咖啡，真像一个公主，自信里有些孤傲，她的世界真自我。我局促地坐在她对面。她发现了我的拘谨，然后哈哈笑起来说："大叔，用得着这样紧张吗？"

我扭动了几下身姿，终于放松下来，调皮地说："大叔一身油腻，运动少咯。"

她又笑着说："大叔，难道只喜欢运动？你不是还有诗吗？有诗就有远方。"

我怕她再次提到《冬至》那首诗，轻声对她说："现在基本不写了。"

她不罢休地说："我知道，彼汤松波不是此汤松波。"

她不依不饶地痛打我的软肋，我的脸一下就红紫了，那个把戏真被她识破了。最后她说："就喜欢你这把年纪了，还有这个酸臭味。"我们匆忙喝掉咖啡，开了房间。在麻婆那里没有的自信，全都涌现了出来。直到现在，我还一直痴迷，乐此不疲。那次完事后，露露再次闪烁着忧郁的眼神问我："诗不能走心?"

"现在是快餐消费时代，大家追求玄幻、穿越、暴力甚至色情，就是都想短暂麻痹自己，瞬间刺激快乐。大叔已至中年，每天行尸走肉，哪还有能力去走心?"我说。

我说完后，听见她轻轻地叹气。我猜测她一定期待谁能深入她的内心走走，探寻她内心深处的孤寂，抚摸不为人知的忧伤。我一下就恐慌起来，连着打了几个响嗝。她看出了我的恐慌。她说："你慌啥?"我趁机就厚颜无耻地跟她约法三章：不影响对方的家庭，不影响对方的生活，不影响对方的工作。露露鄙视地对我说："切，谁稀罕你那几斤老酸菜?"

五年前，田河所在的县被撤县建区，他们区局成了市局的分局。后来需要保密人员，就把田河从区分局调到了市局。我跟田河成了一个局机关的同事。他调到市局后，我俩上下班见面时，他还一直坚持喊我"领导"，全然不把自己当作曾经的大学同学。因为工作上没有太多交集，平时大多匆匆见面，寒暄几句，并无更多的交流。有一次，我特意到他的办公室坐了一会，问了一下杜芝的情况。他说，杜芝的病越来越重了，晚上除了哭，三更半夜还要跑出去，爬到楼上要跳楼，也常疑神疑鬼的。我晚上一回到家，就把门反锁了，真不知道她哪天会出事。他说得非常平缓，充满了担忧，没有丝毫怨言。我这时发现他的头顶已基本秃完，目光黯淡，毫无生气。生活，真就是负重的推磨吗?

　　早晨出门，麻婆堵在门口，睡眼朦胧地对我说："今天一定要把房子租好。"儿子过几天就要到一中读高一了。为了租房的事情，我已经被她絮叨了几次了，每次最后都是一句："何大卫，这是不是你亲儿子呀？"我只能轻声说："明天一定租好。"我从主任办公室出来后，又给中介打了电话，一再强调我的时间要求，他已经爽约五次了。我说："下午一定要签合同。"我不能再怠慢麻婆的要求了，我怕她的死缠烂打，越来越怕。

　　毕业后到局里上班时，单位没有房子，我每个月 200 多元的工资，租不起单位附近的房子，只能租到郊区，当时一个月房租需 30 元。我当时的房东就是现在的岳父。那时已经开始城市化开发改造了，他们那个片区作为试点，先行开发。他们家被征收拆迁后，先后补偿了 7 套房子、3 个门面。麻婆读完初中毕业就没再读书，也没出去工作，整天就是在家打麻将，打完麻将就收房租，她的妹妹也一样。她"麻婆"的光荣称号就是这样硬打出来的。我当时想这就是我国城市化的最大受益者。我家也在农村，可是彼农村与此农村，真是天壤之别。我租住了一段时间后，她父亲见我每天很有规律地早出晚归，也没有带七七八八的人到屋里来，是一个自律的人。一天晚上，他敲开了我的房门对我说："小何，我有个大女儿，已到结婚年纪，你如愿意做上门女婿，我给你们两套房，你也省得为买房而奋斗。我知道你是农村的，进入沙洲市不容易。"她父亲跟我说那一席话时，我正拿着徐敬亚主编的《中国现代主义诗群大观》在研读，诗心未泯。我现在已经忘记她父亲说完后我的表情，但我还记得自己的态度。当时应该是直接拒绝了，我很干脆地说了声："不。"我真的看都没多看他女儿几眼。她父亲很不高兴就出去了。事情根本的变化在于我父亲严重的冠心病。他的冠心病需到省二医院来做支架手术治疗，一个支架要两万元，要放两个支架进去。母亲陪着病重的父亲来到沙洲市，我把他们接到租住房里。母亲一直泪眼婆娑，生怕父亲有个三长两短。哪来这笔巨款呀？我硬着头皮找同学借了一圈，也只借到了一万元。于是，我敲开了她父亲的房门，答应了他，条件就是帮我父亲放两个支架。

　　跟麻婆结婚后，我每天6点半就出门赶班车，下午下班经常磨磨叽叽，不想回去，能加班就加班，当然最希望出差特别是长差，十天半月也无所谓。麻婆依然日夜奋战麻坛。一个冬夜，估计是输惨了，她回家把"输火"发在我身上，要我加夜班。我正躲在被窝里读着泰戈尔的《飞鸟集》，对她发出粗野求欢的信息，无动于衷。她暴跳如雷，不但把我手里的《飞鸟集》撕掉撒了一地，还把书柜里全部诗歌书籍像清扫垃圾一般清理完毕。我用绝望的眼神望着那些可怜的书籍离我远去。尼采说过，上帝已死。我当时在心里凄凄地说，诗歌也要死了。那晚居然下了一场大雪。第二天起来，我看到屋外墙角乱七八糟丢弃的书，有的被雪覆盖了，有的露了几个角，瑟瑟发抖。

　　直到儿子上小学一年级，麻婆突然跟我说："何大卫，我们家祖宗三代没出一个读书人，我以后不再打麻将了，专心陪读，一定培养儿子考上清华。"我不知道她哪根神经被刺激了，一个近似文盲的人居然发现读书的美好，把酷爱的麻将戒掉，陪儿子读书，发誓要培养文曲星。的确从那以后，她没再打过一次麻将。尽管只读了初中毕业，也像模像样辅导起儿子来。儿子小学毕业进了重点初中，今年初中毕业顺利考上了一中。

儿子中考结束后，她又张罗让儿子参加各种高一的辅导班。儿子尽管才十五岁，却非常有主见，就是不按照麻婆的安排进各类辅导班。儿子对我说："爸，我要跑步。"我看着个头差不多跟我一般高的儿子，感到诧异，然后对他说："跑步是一项寂寞的运动，你行吗？"当晚，儿子就让我陪他去了湘江风光带，那里有新修建的蜿蜒慢道。城市灯火璀璨的倒影随江水起伏，江风徐徐吹来，让人倍感舒爽。不到五分钟，我已落下儿子快五十米。他轻盈的步伐，起伏的身姿，在夜色里与江水和着节拍，洋溢着蓬勃的青春。他见我已落下一段，然后就原地跑，等着我靠近。

"爸，你知道我为什么想跑步吗？"他仰起头对我说。

"说来听听。"

"我最近查了一些讯息，万科的董事长郁亮说，不会管理自己身体的人，就不会管理自己的事业；前首富王健林说，不能跑全马，就跑半马，再不能就来个迷你跑；日本著名作家村上春树说，跑步不是锻炼身体，不是磨炼意志，跑步就是生活。您看您不到四十五岁，每天疲倦地拖着一个大啤酒肚，死水一样的生活，你在单位还是处长呢！"他说得滔滔不绝。

透过夜色，我再次细看儿子，已感到他逐渐长大、成熟而透出的陌生。他对生活的理解居然让我感到深奥，甚至还笑话我。
他是在帮我写一篇政论雄诗吗？我不停地嘘着气。

　　跟中介约好下午 4 点看房，我的电话未挂断，就听到"嘀"
的一声，又有微信了。是露露的信息：记得准时到。这是在催
命，有点得寸进尺的意味。我的毛发突然像刺猬一样全竖立起
来，然后就打了一个嗝。我起身给茶杯加了一点热水，接着又打
了三个嗝，一个比一个响。田河的微信事件与露露先后两次的微
信交织在一起，已深入骨髓地影响我，紧张着我。我走到洗手
间，打开水龙头，不停地洗手，不停地用凉水沾在后脖上，把衬
衣领都弄湿了一大片，好一会才缓过来。我回到办公室拨通了田
河的手机。

　　"在哪呢？"

　　"正忙着。"

　　"情况知道了吗？"

　　"知道了。我在上班的路上就接到了主任的电话，说先停职
调查。我就回家了。"

　　"你怎么这么傻？无论你在外面怎样风花雪月，也不能对杜
芝承认呀，也不能写上与谁谁谁如何如何的保证书呀？你不仅把
自己弄得身败名裂，也害了那几个女人！"我居然对田河发起火来。

　　"你不知道详情。"

　　"好吧，单位安排我对你的事情进行调查，你下午来把详情
说清楚吧。"

"对不起，下午没空，原本要请假的，现在停职了，我就跟你说一下，明天上午再来向你汇报，领导。"

田河说完就挂了。我木木地望着手机。田河呀，真看不出来，你20多年无怨无悔每天下班从县里回到市里陪杜芝，居然在外面悄悄弄了3个女人。莫非杜芝的抑郁症就是这些风花雪月害的？那个观点鲜明的田河，那个遵循规则顺势而为的田河，那个淡泊仕途的田河，一夜之间全部消亡了。杜芝，你为何要选择田河？田河，你为何犯糊涂要触网头破血流、身败名裂？

当我在租房合同上签完字的时候，已经下午5点了。我给麻婆发微信报告：房子已租好，明天可以入住，晚上陪领导应酬，晚点回。然后开车直接赶往渔人码头。等红绿灯时，我用后视镜照了照自己，发现一脸的疲惫和苍老，白头发又爬出了不少。一会儿，车上了沙洲大桥，从桥上远远可以看见渔人码头隐隐约约地泊在江中。渔人码头是沙洲新开发的融餐饮、娱乐、休闲于一体的商业广场。沙洲的俊男靓女每当夜幕降临时，就从城市的各个角落往那里会集，是大家打卡的网红消费地点。而此时我透过车窗望去，渔人码头仿佛是男人的是非根，亢奋而病态地延伸到江中。我的脸上滑过一丝苦笑。

停车场的电梯口站着五六个捧着一束束鲜花的人，他们见我走过去，就拥上来异口同声地对我说："帅哥，买束玫瑰送美女吧；帅哥，买束玫瑰送美女吧。"我捂着脸，逃也似的闪进了电梯。

露露订的包厢很有创意，两人间的情侣包厢，像渔船的船舱一样，下面是透明的有机玻璃，可以望见江水在下面平静流淌，幽暗的灯光照着，倒映在江水里，人在江水之上。我一进包厢，露露就热情地抱住我，热烈地啃我的脸颊，跟在后面的服务员不好意思地快速把门关上。刚落座，她就端起酒杯说："大叔，快祝贺我，终于自由了。"

"你辞职了？"我疑惑地问。

"你真笨！我跟他今天一早去办了，离了。七年之痒，七年挣扎，终于自由了。"她一边摇晃杯中的红酒，一边不停地说，没有一丝不快。

"祝你重获自由。"我举杯跟她碰了一下，一饮而尽。然后，我看到水里有条小鱼不停地撞向玻璃，然后又扎入水中，畅快地游走了。小鱼是自由的，露露也会像小鱼一样重获自由？

"想听故事吗？今夜有酒，有故事，一定也会有诗。"喝了几杯后，她有点兴奋地说，说完还对我调皮地眨眼睛卖萌。

她说得意味深长，其实是想倾诉，想把压在心底的弯弯绕绕全部吐出。她把我当成了可靠的倾诉对象，又要我走心了。我能走心吗？我可以走入她的内心吗？我十分恍惚，头像糨糊一样蒙了，"嗝"，我打出了一个响嗝。这个该死的毛病又跳了出来。包厢里的空气瞬间凝固了，我实在喘不过气来。我示意去一趟洗手间。她看着我，我感到她的目光一下布满了飞雪。

刚走出包厢，我就听到一个熟悉的声音扎进耳里。我停下脚步，再次仔细辨认，没错，是杜芝的声音。我循声走了两米，杜芝就在隔壁的包厢里。她正骑在一个男人的背上，不停地喊"驾、驾、驾"，她在玩骑马的游戏。那个男人匍匐在地上不停地往前爬，像蜗牛一般。我小时候也曾骑在父亲的背上玩过同样的游戏。杜芝喊一声，还用屁股压一下男人的背。我盯着地上的男人，那不是田河吗？我又往里看了一下，里面坐着3个中年女人、3个中年男人，餐桌上还摆放着一盒雅致的蛋糕和一束红艳艳刺眼的玫瑰。我怕被田河和杜芝发现，就往后退了几步，继续偷看杜芝玩骑马的游戏。

"看你还上惠芬不？看你还上春秀不？看你还上琳琳不？"她一边兴奋地说着，一边用手拍打田河的肩膀。

"杜芝，算了，让田河休息一下。"一个女人起身走到杜芝身边。我觉得有点面熟，仔细瞄了几眼，回想起来了，在田河、杜芝结婚那晚的酒宴上见过，杜芝妇联一个办公室的同事。

"惠芬，不要打扰她，杜芝今天过生日，她怎么开心就让她怎么玩。"一个男人对那个女人说。

"杜芝，你不要再压田河了，你再压就把他压垮了，他哪还可以上我们呢？"另外一个女人笑着大声说。

"我不管——"杜芝拖着长长的声音回答。

"春秀，你别刺激她。今天我们3个女的都在，3个人的老公都在，我们同事几十年，交往快大半辈子了，田河为了杜芝二十多年无怨无悔地付出，我们都是知道的。杜芝的抑郁症越来越歇斯底里了，她记不住其他的人，就只记得我们3个女人啦。"

"琳琳，明天上午，我们3对夫妻陪着田河和杜芝到田河单位去，跟他们单位领导讲清楚，昨晚是杜芝拿刀欲自杀，逼迫田河写下的保证书，然后她胡乱发微信朋友圈。"另外一个女人继续说。

看到了杜芝的快乐与歇斯底里，看到匍匐在地上奋力爬行驮着杜芝的田河，听着他们朋友们说的话，微澜不惊日复一日的生活中，田河与杜芝是走心的，他们的朋友们是走心的。我浑身颤抖，像掉在冰窟里，眼里突然噙满了泪水。我飞快地逃离现场，也没再回到露露那个包间。我跑到停车场，从车后备厢里迅速拿出跑鞋换上，然后顺着湘江风光带快速地奔跑起来。我不停地跑，拼命地跑，不理会人流，不理会夜色，不理会江水……不知道跑了多久，渔人码头已是一堆缥缈的雾岚。于是，我给儿子打电话说："儿子，你知道在渔人码头跑步的感觉吗?"可是，打完电话，我就后悔了，作为一个逃跑者，我要向十五岁的儿子求助吗?

第二天清晨起来蹲厕所时，翻看微信朋友圈，露露在朋友圈里发了一首《白色恋人》的歌曲，还写上：永不再见。

永不再见! 祝你好运! 我在心里默念过后，就把她从微信好友里删除了，没留一点痕迹。

释：①本文引用《冬至》的作者为汤松波，在此致谢。

守龙船的人

五伯爷什么时候开始守龙船的，我不知道。

我隐约记得，那时我四五岁，与强崽、四牛、小溪最喜欢在龙船旁玩躲猫猫的游戏。躲猫猫，其实就是现在城里小孩玩捉迷藏的游戏。

我们村的龙船平时放在祠堂的上厅旁。祠堂的中央是神位。龙船是我们村最神圣的物品，可以与列祖列宗并排。

我们村在潇水河畔。潇水清清，长年累月温顺地亲吻着村庄，滋润着田地，养育着一代又一代村民，像母亲连着孩子的脐带。我们平静地生活在这片土地上，春夏秋冬，生老病死，一切的时序均安然有序。当然，偶尔也有发脾气涨洪水的时候。如果遇到涨洪水的年份，村里的男人们也会出去撒网捉鱼，与天斗，与水斗，显现男人力量的野性。

是的，我们村的男人们，我们村的龙船，就是潇水里的水鸟，自由自在、灵活地在潇水上飞越激荡；又像潇水里的木排，随波逐流，顺水而行。潇水温柔着他们，潇水给了他们野性的源泉。每年端午节的扒龙船，男人们在河里激荡力量的锣鼓声，呼天喊地的号子声，才会让潇水充满活力地奔出都庞岭，流向远方。

龙船竖摆在祠堂的神位旁。龙船被桐油刷后，熠熠生辉，透视着吉祥与威严。我读书后，学到成语"不怒自威"，大概就是这个状态。我们的列祖列宗无时无刻不在注视着它。那时，大约20世纪70年代中期了，是生产队、大队的组织体系。我们一个村近千人，都姓张，同宗同源。所以，龙船说是大队的也行，说是我们张姓族人的也行。

五伯爷专门负责看守龙船。白天生产队出工，插田，翻地，他不用去，一天到晚就在祠堂守着龙船。每天上午、下午都要用洁净的干毛巾把龙船周身擦拭一遍。那时家里的洗脸巾可能都会有几个破洞，可是，擦龙船的毛巾必须干净、完整。这是大队的决定。五伯爷每次都认真地擦，说是擦，其实应该是他粗大的手在抚摸龙船，擦一遍下来，上午的话，太阳正好到了中央，下午就到了黄昏。我无意中试了几次，五伯爷上午擦完了，我跑到太阳下去踩身影子，太阳直射着我，影子又矮又胖，丑极了。黄昏的时候，会看到夕阳拉着我的影子，无声地沉入潇水，还有一些水鸟在影子中飘来飘去。每当初一、十五早晨，五伯爷还要虔诚地给列祖列宗和龙船烧香，磕头，敬酒。我最喜欢看五伯爷给龙船烧香了。他跪在龙头前，摆上香、酒，闭上眼睛，口里念念有词，我也听不清他对龙船讲了什么，默念三分钟后，点上香，磕三个响头，再敬上一碗米酒，最后大喊一声：扒龙船呀——哦嘀——。那就是我们村男人们扒龙船的口号。他的喊声震得整个祠堂呼呼响，回声来回打转转，不时惊起三五只麻雀从屋檐上飞走。那时他的脸上会挤满勉强的笑容。往往这时也是我最自豪的时候。我常跟强崽、四牛和小溪说，你们看我五伯爷好有力气，喊声震得满屋响。

五伯爷是我爹的五哥。我爹是老六。我爷爷、奶奶一共生了六个崽，崽生多了，总想要一个女儿，直到生了我爹，还是一个男丁，爷爷才罢休。

那时，五伯爷才二十五岁。

我常纳闷，五伯爷长得高高大大，一身力气，为什么专门在祠堂里守龙船呢？五岁生日那天晚上，妈煎了一个荷包蛋给我吃。吃完饭后，我爬到爹的大腿上，缠着爹给我讲奶奶曾给他讲的那些鬼故事。后来，我又好奇地问爹，五伯爷怎么不到生产队出工挣工分而专门守龙船呢？五伯爷好舒服呢。爹在我屁股上打了两巴掌，生气地说，五伯爷的事情，小孩子不要问。他把我从大腿上丢开，起身去了别的地方。我一下就大声哭起来。妈听到我的哭声，走过来对我爹说，今天毛毛过生日，五哥的事情不说就不说，你不要打崽呀。那个晚上，我躺在床上眨了很久的眼睛，对五伯爷守龙船的事情，想呀想，使劲也想不明白。透过窗，看到天边挂着苍白的月牙。五伯爷也会看到月牙吗？

五伯爷对强崽好，这不是我们几个小伙伴的秘密。五伯爷似乎不是我的亲伯爷，而是强崽的亲伯爷。想起这些，有时候我吃强崽的醋，幼小的心灵也感到委屈。那次晚上躲猫猫，轮到强崽找我们，我、四牛和小溪躲在五伯爷的床下面。我心想强崽怎么也不会想到我们躲在五伯爷的床下面。可是我们刚爬到五伯爷的床下，强崽就走到床前喊我们爬出来。我们不解地爬出来。结果，我们看到五伯爷在旁边偷笑。我们知道五伯爷告密了，五伯爷在帮强崽。而轮到我找强崽他们的时候，强崽他们被五伯爷抱进了他的衣柜里，我找了很久很久都没找到他们，我就哭起来。强崽他们听到我的哭声，一下就从五伯爷的衣柜里跳出来，还哈哈大笑。那时，我觉得特别特别无助。而五伯爷却在一边用刷子给龙船补桐油，他对我的哭声像是没听见。一天下午，五伯爷不在祠堂。我们四个人爬到了龙船上面，强崽站在龙头的地方掌龙头，我、四牛和小溪坐在划船的地方，强崽喊"扒龙船呀——哦嗬——"，我们就用小手当木桨，"扒龙船呀——哦嗬——"，祠堂里飘着我们稚嫩的声音。那会，我们好像在潇水上激越漂流。不知什么时候，五伯爷回来了，他凶神恶煞地对着我说，谁让你带头爬到龙船上去的？他的巴掌落在我的屁股上。然后，又骂了四牛、小溪，唯独没有骂强崽。他转过身对强崽说，强崽，你掌龙头的姿势不对，那个腰不能太挺，要稍微弯一点，手势要干脆有节奏。当时，我故意哭声更大，好让强崽听不见。月光皎洁的夜晚，我们常跑到祠堂去躲猫猫，常看到五伯爷一个人拿着桨，坐在一号扒手的位置，拼命地划桨，拼命地呼号，扒龙船呀——哦嗬——扒龙船呀——哦嗬——龙船好像在潇水河里破浪前行，划桨的声音搅得月光咕噜咕噜响。他扒完后，把桨抱在怀里，用手抚摸了又抚摸，就像抚摸自己的孩子。我们悄悄在他后面扶着船沿看得发呆。五伯爷本是潇水河的一等好水手呀，他为什么不能在端午节去扒龙船呢？我们搞不懂。

五伯爷是我爹他们六兄弟中个子长得最高，力气最大的一个。他身高一米八一，在我们这个地方已经凤毛麟角了。说到力气，他读初二时十七岁，就可以挑150斤的担子了，双手的力气也大得很，我们凉亭的方石凳，他说捧起来就捧起来。我爹有一次双手去移动方石凳，费了很大的力气，弄得满脸通红，方石凳才微微动了一下。爷爷在他六个崽里最满意五伯爷。爷爷让其他几个崽只读了小学毕业，唯独让五伯爷读到初中毕业，是家里文化程度最高的。五伯爷初中毕业后，爷爷终于把藏在心里的秘密说了出来。这一年，五伯爷刚满十八岁。一天吃晚饭，爷爷把宝树主任、有声民兵营长请到家里吃饭，把一只还在下蛋的老母鸡杀了炖了，爷爷跟宝树主任、有声民兵营长说："把老五送到部队去。"宝树主任说："要得，把老五送到部队，老五这身板和文化，在部队肯定能出人头地，说不定还可以提干呢。"宝树主任说完，他们三人端起碗，狠狠地碰了一下，一饮而尽。坐在旁边的五伯爷拿起一个海碗，倒上满满的米酒，端起来对宝树主任、有声民兵营长说："宝树叔、有声哥，我做梦都想去部队，请你们一定想办法弄一个指标送我去。"说完仰头就干掉了。宝树主任连声说："豪气豪气！"有声民兵营长对爷爷说："叔呀，干脆在家先把媳妇找好，将来让老五在部队安心干。"有声民兵营长这么一说，爷爷更是满心欢喜。五伯爷没有吱声，他觉得自己才十八，一个人多自由自在，将来进部队了，也可心无旁骛。但爷爷是一言九鼎的人，在家里他的每一句话，就是圣旨，六个崽哪个也不敢违抗。没过几日，六婆婆就把河西村的花姣介绍给了五伯爷。五伯爷的身板，六兄弟家庭的力量，让花姣见了一面，就欢喜得不得了。花姣隔三岔五就从河对岸坐渡船来我们河东村，有时下午生产队刚收工了，她跑过来在爷爷家吃一顿晚饭，跟五伯爷见上一面，又回到河西村。没出两个月，准备正式定亲。

　　一年一度全县的端午节龙船大赛又要开始了。我们县端午节扒龙船，已经有上千年的习俗了。去掉纪念屈原的意义不说，单说习俗，这是一个村庄祈祷风调雨顺、国泰民安愿望的表现，展示一个村子男人们的力量与肌肉，体现一个村子生生不息、生龙活虎、后继有人的盛事，更是一个村子整体实力的象征，一船像山一样的男人，个个倚岸有力。因此，离潇水河不出五里远的村庄，几乎都有一条龙船。龙船下水是一个盛大而严肃的仪式，一般定在农历五月初一。由村里的主任或者辈分最高的长者主持，村里老老少少会集在祠堂里，划船的队员分列龙船两边，主持者先给列祖列宗上香、烧纸、敬酒，队员再依次拜敬祖宗。然后，宰叫鸡公，杀猪，办酒席。结了婚的可以请岳父、岳母、姨妹子来玩；男孩定了亲的，可以接对象来参加仪式，全村人喜气洋洋。这是村里过大节，办大事，哪能遮遮掩掩？越是风风光光，越是大张旗鼓，越是好彩头。亲戚们参加完龙船下水仪式后，就到县城的潇水河岸边看扒龙船。从五月初一开始，一直扒到初五夕阳西下。这几天潇水河就会沸腾起来，上百条龙船在潇水河比拼，各式各样的龙头，有青龙、白龙、金龙、黄龙，还有老鹰、乌凤、金虎，等等。"咚咚锵"的锣鼓声，"扒呀哦嗬"的吆喝声，像箭一样地穿行在潇水上空，潇水两岸人山人海，人声鼎沸。如果看到本村的龙船，人们就会大喊，惊叫，喊破嗓子也无怨无悔。除了本县的人来看扒龙船，周边几个邻县的人也会坐一两个小时班车来。端午节，其实就是我们这里的情人节了。有的女孩相亲，就喜欢在岸上看男孩扒龙船的姿势，在朦胧、热闹的气氛里，订下终身大事。

五伯爷农历四月三十把花姣接过来，想让她见识一下我们河东村第二天的龙船下水仪式。那天晚上，爷爷作为长者被宝树主任喊去吃晚饭，一起商量明天龙船下水事宜。爷爷喝了几杯回来就睡了。奶奶临睡前，叮嘱花姣一个人睡厢房。这是我们村上的规矩，不准没结婚两个人就在一起，男女一视同仁。而五伯爷背着爷爷、奶奶，不让花姣一个人睡，他要跟花姣睡在一起。花姣蛮不过五伯爷，只好留在五伯爷房间。五伯爷拼命想要，花姣拼命也不给。花姣说，你就是一头蛮牛，力气留到明天扒龙船。

第二天早晨下起倾盆暴雨，一直持续到中午。潇水河涨起来了，像青春期男人的荷尔蒙一样，一下就迅猛起来。

我们村的龙船下水仪式，没有因这突发的暴雨而取消。宝树主任特意换了一件干净的蓝布衣服，举着高香站在列祖列宗神位前，三鞠躬，然后，烧纸钱，敬酒。再就是20个队员依次拜敬祖宗。五伯爷是当然的一号队员。五伯爷虔诚地拜完香后，还带头高喊了一声"扒龙船呀——哦嗬——"，花姣在人群里听到后，咯咯地笑，像只小母鸡。吃完酒席后，大家一路喊着"扒龙船呀——哦嗬——"，冒雨把龙船抬到河里，然后放起噼里啪啦的鞭炮。我们村的青龙下水了。龙船下水后，雨停了。但是河水上涨厉害，水流也越来越急。宝树主任现场再次讲话，安排大家试训。在宝树主任讲话时，五伯爷把花姣喊到他划船的位置，让花姣坐了上去，还让花姣站在掌龙头的地方试了一下掌龙头的滋味。哪知道花姣不小心把裤子弄湿了，她的裤子透出了暗红色——突然来例假了。她在掌龙头时，不小心还靠了一下龙嘴。结果被宝树主任看见了。宝树主任跑过去就把花姣拖下了龙船，说，谁让你这么大胆？你想败我们村子的风水？败我们的彩头？掌龙头，是扒龙船的总指挥，是龙船的灵魂，关系到扒龙船的节奏，呼喊口号的频率，比赛胜负的结果，体现一个村的民风，宗族的凝聚力。因此，从掌龙头的人选，可以看到一个村庄的兴衰更替，民风好坏。所以要么由德高望重的长者承担，要么由村里的主要负责人承担。我们村掌龙头的当然是宝树主任。

　　试训的时候，刚好河西村龙船下水仪式也搞完了。宝树主任隔着河大喊：铁能主任，我们先比划比划？铁能主任回应，大战五个回合，五局三胜。一时间，河面上就响起了锣鼓声、扒呀哦嗬的呼号声。第一局河西村胜，第二局我们村胜，第三局河西村胜。正在第四局紧张比拼的时候，我们村的龙船翻了，队员全部落水。潇水河里长大的男人，每个人水性都出奇得好。尽管河水已经涨了，也不会有什么大碍。大家迅速游到龙船边，把龙船扶正，一边游一边把龙船推到岸边。清点人数时，发现果叔不见了。大家拼命喊，果哥——果哥——，没有见果叔的身影。月婶哭天喊地，果呀，你离开我们，我跟强崽怎么过呀？宝树主任安排人到下游寻了三天三夜，都未见到踪影。

这一年，我们村没有参加全县的扒龙船比赛，这也成了我们村史上的耻辱。当时，我们村的人遇见邻村的熟人，都低头走开，连招呼也不好意思打一声。最后，宝树主任决定，五伯爷不能推荐去当兵，以后不能参加扒龙船，不能娶花姣，收工后还要守龙船。

爷爷夜里含着老泪告诉五伯爷时，五伯爷双拳打在堂屋门上，门板上凹进去两个窟窿，窟窿里有两个鲜红的血印，像两盏煤油灯暗哑的光，掉在地上的一滴滴血反射的光刺得眼痛。"哐当"，五伯爷打开大门，跑进了夜色，划过一阵疾风，没有掀开一丝缝。夜色完全融进了他。

不知五伯爷当晚是否回屋睡觉。第二天上午生产队出工时，他没有迟到。第二天是割山地的杂草，每割一个小时，大家就休息十分钟。五伯爷不休息，一直低头割草，拼命割，一点都不省力，看不到他的脸，只听到割草的嚓嚓声。大伯娘看不下去了，喊他，老五，休息一下，我们晓得你心里苦，你这样折磨自己把身体搞垮了，何必呢？五伯爷没理会大伯娘。整个上午他都没有休息，仿佛他是割草机器人，永不知疲倦。爷爷看在眼里，躲在山坡上一边抽旱烟，一边叹气。收工回家时，五伯爷不停地往自己的箩筐里堆草，爷爷过去把他箩筐里的草丢掉一部分，他又捡起来往里堆，父子俩如此反复几次。最后爷爷说，你真是一头犟牛。那一担草，像移动的小山，跟随五伯爷的脚步起伏在山间小道。

三天后，五伯爷终于倒下了，发高烧，讲胡话，迷迷糊糊在床上躺了七天七夜。醒来后，一头的白发，像个六十多岁的老头，力气基本衰退，二三十斤重的东西都无法挑起。最后村里让他只在祠堂守龙船了。

20 世纪 80 年代初期，分田到户。五伯爷已近三十，其间有几个人介绍，女方都忌讳翻龙船的事情，大都见一面就没有下文了。五伯爷的田与爷爷、奶奶分在一起，共一亩七分田。爷爷、奶奶七十多了，田地的事情就只有五伯爷一个操劳。说起来也怪，五伯爷已十年没有参加体力劳动，分田到户后，仿佛他的体力又恢复了起来。一个人把田耕种得像女人样，粗活做出细功夫，种的早稻、晚稻都丰产，成了村里的种田能手。

月婶的田紧挨着五伯爷的田。果叔那年端午扒龙船失踪后，她没改嫁，一直拉扯崽崽顽强地生活。她既当男人，又当女人，没日没夜地操劳。那次双抢季节，月婶犁田时，不知道怎么回事，牛拖着犁乱跑，月婶怎么牵牛也不听话。月婶慌乱地大叫起来。五伯爷刚好在田间做事，跟月婶隔着条田埂。五伯爷冲过去从月婶手里抢过牛绳，一下就把牛拖住了。五伯爷赤膊上身，古铜色的肌肉一股一股的。月婶看了一眼，马上就把目光移开了。但五伯爷的汗臭味直往她心口钻，她觉得身上爬满了毛毛虫，酥酥地痒。晚上，五伯爷躺在床上没头没尾想下午跟月婶在一起的场面，浑身酸胀，好像要爆炸，有种要跑、要飞的感觉。月嫂，你带我跑。月嫂，你带我飞。他翻来覆去，怎么也无法入睡。他想起床去见月婶，想跟月婶说，以后她家的重活他全包了。这一夜，他不知怎么睡着的。第二天凌晨，他跑到田头，他知道月婶会去插田。他在田头等月婶的时候，太阳刚刚从河面一晃一晃浮起来，他看到荡开的晕圈好像月婶的脸，美丽而模糊。月婶到后，他怎么也开不了口，他悄悄走到月婶旁，拿起秧插起来。月婶说，老五，你别这样帮我。他还是不知道说什么，昨晚想了一晚的那句话，就是不敢说。他不小心从月婶的衣襟口看到了她的胸，口忽然干燥起来，喘着粗气，插田的频率越来越快。太阳在背后升得好高了，他俩的影子无声地移动着，像在演一幕哑剧。

晚上，六婆婆串门跟奶奶说，大嫂呀，赶快给老五说一个媳妇，要不然会出大事。六婆婆还没讲完，奶奶就气呼呼跑到月婶家门口，大喊大叫说，月花，你可以偷别人，不要偷我们老五，老五这辈子会被你们一家人害死。全村人都跑到月婶家门口七嘴八舌看热闹。月婶在屋里没作声，也没露面。好一会，奶奶准备走了，月婶却拿出一瓶敌敌畏，当着奶奶的面，像喝矿泉水一样咕咚咕咚就喝了。五伯爷冲出人群，抱着月婶往赤脚医生惠叔家跑，一路呐喊，让开让开。惠叔用肥皂磨了一脸盆水，让五伯爷把月婶的嘴巴撬开，惠叔像灌狗肠一样咕噜咕噜把肥皂水灌了进去，然后惠叔说，老五，使劲压月花的肚子，使劲压，使劲压。五伯爷像石磨压豆腐似的双手压在月婶的肚子上，连续压了十三下，月婶泻肚子一样哇地吐了出来，吐了一地。月婶救过来了，五伯爷嘿嘿傻笑。之后，五伯爷每天晚上擦完龙船、敬完香，就跑到月婶家门口蹲着，像村后庙里的菩萨，不喊不叫，小溪家的黑狗围着他团团转。月婶每晚早早就把大门关了，从不见他。九天后五伯爷不再蹲月婶家门口，而是敲月婶的大门，嘭嘭嘭，敲得一个村子都在晃动。

第10天，月婶失踪了，不知道去了哪里。强崽成了孤儿。五伯爷跟爷爷、奶奶分了家。五伯爷把强崽接到祠堂来与他一起生活。五伯爷在祠堂里，有时间就拿着扒龙船的木桨培训强崽划船。怎么握桨，怎么摆臂，怎么收腹，怎么发力，怎么控制节奏，等等，把自己作为曾经的一号队员的心得毫无保留地教给强崽。有时，三更半夜还从祠堂里隐约传出"划呀——哦嗬——"的声音，大家都知道，那是五伯爷又在训练强崽了。强崽悟性好，很快就掌握了全部的要领，有了成为划船强手的基本素养。那时，强崽刚好读初一，遇上县体校在选拔赛艇运动员。强崽在强手如林中杀出重围，成功被县体校选拔上。后来进市队，入省队，最后，成了国家队的运动员，在国际大赛上多次获得奖项。

强崽退役后，作为有突出贡献的专业人才，县里安排在文广体局具体负责群众体育，重点抓一年一度的扒龙船比赛。

五伯爷过了花甲之年了。强崽把五伯爷接到县城住。村里的男人们都外出打工赚钱去了，一年就是扒龙船、过春节时回来几天。五伯爷守龙船的事一直没办法交给其他人。他每个月初一、十五都会从县城回到村里，在祠堂里给列祖列宗上香，给龙船擦灰除尘、上香敬酒，保佑村里风调雨顺，平平安安，从不间断。每次回来，都背着一个背包，有人想看看包里究竟是什么宝贝，他一个人也不给看。

这年，又临近端午节。农历四月二十九下午，他就让强崽开车送他回村里，提前一点给龙船净身上油，拜敬祖宗。他到祠堂门口时，看到祠堂的大门已经被打开了，在龙船旁边围了一群人，里面有很大的争吵声。他走进去看见在广东做生意的几个人回来了，有四个人正在竞标哪个掌龙头。大华说他出 2 万，小标说他出 5 万，黑马说他出 8 万，泥鳅说他出 10 万。价码越来越高，最后黑马开到了 20 万掌龙头。大华说，黑马，你那钱全是行骗来的，凭什么回家来摆谱？黑马对着大华就是一拳，有本事你拿 20 万，这龙头就归你掌了。你以为你搞的是干净钱，你那钱也是卖假药赚来的。大华跟黑马扭打起来，小标和泥鳅也凑了上去。五伯爷见状，把背包放下来，打开背包，居然取出了木桨。原来，他一直保存着自己扒龙船的木桨。他用木桨对几个争吵扭打的人一顿乱抽，那姿势就是扒龙船的冲刺姿势。强崽在旁边看到木桨，金光闪闪，熠熠生辉，握手的把柄处已经被握出深深的槽子，像五伯爷消瘦的肋骨。他的泪水瞬间滚出，模糊了视线。

黑马、大华几个争执扭打的人被五伯爷一顿抽打后，反而停下了争吵，反过来围着五伯爷。黑马对五伯爷说，五伯爷，你不要生气，现在市场经济了，哪个有钱就是天王老子，哪个就掌龙头。原来你们讲了算数，现在钱讲了算数。小标说，你们这些老嗲嗲讲的那些东西值几个钱？隔壁的几个村子早就这样竞标了。大华说，明天龙船下水的酒席不要在祠堂办，到县城酒店摆流水席，哪个掌龙头就由哪个负责。五伯爷听得青筋直暴，一时觉得头晕，不停地用手轻轻敲脑袋。强崽见状，迅速过去把他扶到旁边的床上躺下。黑马说，就这样了，我出 20 万，初一龙船下水，初一中午我在县城横岭大酒店摆流水席。五伯爷，你要把龙船擦干净，补好桐油。黑马说完扬长而去。众人稀稀拉拉地散了。

五伯爷躺了一会感觉好多了。他给强崽说，你先回县城，我在家把龙船擦干净，把桐油补好，让它漂漂亮亮去比赛。强崽只好先回县城。五伯爷想迷糊一会，可怎么也睡不着。他脑子里想起来，早些年听村里人讲，黑马曾在东莞开按摩院，然后敲诈客人，被抓进看守所好几次；大华专门在广州火车站前用苦楝树籽假冒名贵药材卖；小标和泥鳅跑班车，在班车上设赌局。他们都发了，赚了钱回来砌了楼房，像皇宫一样，还在外面都包了二奶。现在又要回来竞标掌龙头？这河东村的龙头他们怎么有资格来掌呢？哎——哎——五伯爷连连叹了几口气，眼角不知不觉湿润了。五伯爷伤感起来。他强打精神坐起来，又拿着那把木桨摩挲。木桨如镜，镜面里的人苍老如许。然后，他又颤巍巍地走到龙船旁，围着龙船慢慢走了一圈，边走边絮絮叨叨，列祖列宗呀，列祖列宗呀，败了，败了。他又找来毛巾，走到龙头前，刚跟龙眼对视一下，老泪就吧嗒吧嗒地滴落在龙头上，声音很大。像跟婴儿洗澡擦身一样小心，他一边擦，一边抚摸。夜，被他越抚越深了。

　　月亮升起来了，月光从天井里照进来，照得他的身影孤独而修长。五伯爷借着月光，拜祭列祖列宗，点香，敬酒，烧纸钱，口里不停地喊，扒龙船呀——哦嗬——扒龙船呀——哦嗬——突然，他将一桶桐油倒向龙船，也倒在自己身上，把刚点燃的纸钱烧向自己和龙船。

　　老五——突然的喊声，让五伯爷赶紧把纸钱丢在地上用脚拼命踩熄。是月婶在喊五伯爷。月婶站在月光中迷蒙而缥缈。是你吗，月嫂？月婶突然出现，让五伯爷无论如何也不相信。月婶说，是我，老五。真的是你吗，月嫂？是我，老五。月婶的眼睛直勾勾地盯着五伯爷，五伯爷觉得是一团火。月婶往五伯爷身边走，还没走到眼前，她突然就倒了。五伯爷一个箭步冲了上去。"月嫂——月嫂——"五伯爷声嘶力竭地呼喊。月婶像睡了过去，安详，知足，一点反应也没有。五伯爷将双手从月婶的后背伸进去，使尽全力想把她抱起来，他要把月婶抱到赤脚医生惠叔那里去，可是他怎么也抱不起来。月嫂，你不要吓我，你上次喝敌敌畏没把我吓住，这次你突然出现是为了把我吓死吗？五伯爷像上次一样压月婶的肚子，压月婶的胸口，月婶没有一丝反应。此时，月光静静照着，祠堂里很静，村子很静，连狗叫的声音也没有，世界静谧极了。五伯爷的力气耗尽了，大口喘着粗气，一身软了，他瘫倒在月婶的身旁，与月婶并排躺着。五伯爷有一声无一声地低低呻吟："月嫂，你带我跑；月嫂，你带我飞。"月光痴情地照着，洒了一地的柔情，给他俩披上了银色的服装，好像一对新人。

　　子夜时分，五伯爷拼力爬了起来，跪在祠堂的神位前，列祖列宗啊，不要怪罪老五这个忤逆子。然后，磕了三个响亮的头。他抬起头来时已是老泪纵横。于是，他从柜子里找出尘封多年的斧头、刨子、锯子。他拿着斧头对着龙船啪啪啪，把龙船劈开了，劈断了。每一斧头，村庄似乎都无声地抖了几下。他站着劈龙船时，虎虎生威，如罗汉冲天，似与天斗；蹲着紧推刨子，哗哗地响，仿佛跟地斗；不断地拉锯时，低呜呜咽，时断时续，是跟他自己在斗吗？

　　第二天早晨，黑马他们到祠堂时只看到瘦长的棺材，不见龙船的踪影，五伯爷穿着一身黑衣在棺前烧纸钱。他的身边摆着木桨，木桨上写满了月字。

弧　线

　　太阳明晃晃地照下来，比昨天毒多了。山子开着塔吊忽上忽下，吊着钢材、模板不断往十八层楼送。这是一个在建楼盘。山子坐在操作室内，感觉有一层热气裹着肉身，闷热难受，阳光让他睁不开眼，从模糊的视线里，他看到塔吊的影子像一个吊死鬼。过了一阵，居然哈欠连天，浑身乏力。他这才意识到问题的严重性。他×的，接连跟朵儿折腾了两个晚上，全部失败了，弄得上班都病恹恹的活像鸦片鬼。在夜里他隐约看到朵儿失望的神情，像刀刮他的心。与朵儿结婚五年，儿子也三岁多了，尽管现在住在工地嘈杂的板房里，每周也没减量。自己体魄强壮，健健康康，要说对自己什么最自信，就是这一米七八的身子。这两天碰到什么鬼？塔吊上上下下，他麻木得像吊着的钢条，想不出个头绪。

　　晚上十点多，黑子在板房外喊山子、牛子去工地旁的夜宵摊吃宵夜。黑子现在开始喊山子出去吃夜宵了。他是老板，每天到工地现场总是双手反到背后，有时戴副墨镜，指指点点，调度安排工人，像个大领导。他是这个工地的工头，跟山子一个乡的，他家距山子家不到两公里。他十年前到省城打工，开始时做泥工，三年前就做工头了，独立包工地的劳务。他手下有百来号人，有泥工、木工、电工、机电操作工等。山子是邻村的，黑子就让他开吊车。山子每天在半空中画着弧线，起起伏伏，有麻雀飞过，也有鸽哨飘荡。明丽的空气溢满心房，他看到地上如蚂蚁样躬身劳作的工友们的影子，常常让他觉得有种高高在上的美丽。是的，城市的天空是美丽的。

黑子、牛子和他三人站在一起，好像三层房子，高低有序。黑子一米六三，他一米七八，牛子一米八七。黑子四十五岁，他三十二岁，牛子二十八虚岁。黑子坐在夜宵摊上，不像老板，像武大郎。三人把一瓶白的平分了，喝到一半时，黑子卷起衣袖跟山子开玩笑："山子，工地板房不隔音，你晚上少跟朵儿搞出动静，朵儿的叫声动摇其他兄弟们的军心。"

山子不胜酒力，此时的脸已经红透了，一直延伸到了颈脖。他听黑子这么一说，就变成紫黑了，透过微弱的光看上去，像关公，笑容一下收敛起来。他无声地拿着酒杯独自喝闷酒。黑子以为他生气了，黑子说："山子，你他妈太小气了，玩笑都开不起。"山子还是没作声，独自端起酒杯继续喝起来。黑子觉得不正常，拿起酒杯跟他碰了一下，关切地问："遇到什么事情了？"山子几次欲言又止。黑子又跟他碰了一下杯说："你吱下声啊？"山子猛地喝了一大口，低声说："前两晚跟朵儿折腾，都失败了。"他好像有个大石头堵在喉咙。黑子一听，左手用劲拍在桌上说："什么鸟事？告诉你，你是被吓的。等下回去，按照那个小姐的样子，给朵儿化个妆，把朵儿想象成小姐，肯定来米。"

　　山子半个月前找黑子要工钱。今年过完年开工以来，五个月了，黑子没付大家一分工钱。这个月农历二十五，山子父亲七十大寿。他年后出来时跟父亲说好了，给父亲3000块，父亲自己在家里办几桌酒。上个月底，黑子还没给大伙发工钱，山子心里就有点慌了。这个月一进初一，山子就找到黑子说："父亲七十大寿，怕耽误工地的事，就不请假回去了，先结一点工钱，给父亲打回去。"黑子说："开发商没跟我结钱，工地上一百多号人的伙食开支快半年了，自己也快支撑不住了。"山子一连找了黑子四天，黑子都是一个腔调。第五天，山子照常爬进升降机，坐进塔吊操作室，然后，把准备好的横幅从半空中挂出去，白纸黑字：黑心老板欠民工血汗钱。横幅像经幡一样，飘在那里。牛子看到后，一边钻进升降机到塔吊上来，一边给黑子打电话。黑子无奈，答应下工后，先支3000块给山子。

　　山子下工时，看到黑子等在升降机口。黑子说："你陪我先去按摩院潇洒一下。"黑子带着山子去了按摩院。黑子熟门熟路，进去只有两个女的，黑子把丰满的安排给山子，自己叫了那个瘦的，一人进了一间房间。山子在工地，不像其他的工友，老婆不在一起，有需要了就去按摩院快活。山子从没进去过，也不知道按摩的内容。他混混沌沌地被小姐拥进房间。小姐让他躺在床上，小姐的手在他身上游走，像蛇一样。他迷迷糊糊觉得很舒服，舒服中他就诅咒起黑子来，他妈的，有钱给按摩小姐，都不付他工钱。有钱真他妈过皇帝一样的日子，想怎么玩就怎么玩。这时，两个穿公安警服的人进来，喝令他俩把衣服穿上。山子一下就瘫了，像个球一样从小姐身上滚下来，直接掉到了床下，警察用力把他扯起来。山子被公安赶着出来时，按摩院外已有一群人围观。山子低着头，软绵绵地被警察牵着走，他不敢用目光寻找黑子。他想只要黑子没被抓到，有黑子在，黑子就一定会去捞他。果然，他听到黑子从人群里大声喊："山子，你放心，等下我去捞你。"到派出所不到一个小时，派出所就把他放了。他出来时，黑子已经等在门口了。黑子说："没事吧，兄弟?"山子说："感谢老板搭救之恩。"黑子说："客气。"山子缓过一阵，又对黑子说："你要给我结点钱，我不打钱回去，对不起父亲。"黑子说："真没钱了，不嫌少的话，我身上只有 500 块了，先拿去吧。"山子说："我跟父亲说好的，3000 块。"黑子说："你再讲，我不但不给 500 块，还把你刚才的事情告诉朵儿。"

吃完夜宵已是凌晨两点。山子在心里默念着黑子讲的话，急急地回到板房，酒气熏天地摇醒朵儿。他让朵儿起来像电视里的女人那样化个妆。朵儿揉着惺忪的睡眼，十分纳闷。山子说："化个妆嘛。"朵儿说："神经病，我从不化妆的，三更半夜的，哪来化妆品化妆?"说完，倒头又睡了。山子又酒气熏天地跑出去，到门口扯了两块对联的红纸，回到房间用水浸湿，不分青红皂白地覆在朵儿的脸颊上，朵儿的脸颊就印上了两朵土红，像乡下唱祁阳小调的女人。朵儿一下就清醒了。他关掉灯，趁着酒性，脱掉朵儿的衣服扑了上去。可是，无论他怎么动作，下面的小兄弟都在罢工，既不出工，也不出力。他想起黑子说的话，把朵儿使劲往那个小姐身上想，拼命想，用力想，想出了一身粗汗，汗冒雨淋，却只能想起那小姐好像涂了胭脂，涂了口红，具体什么样子，根本不记得了，越急就越模糊，越模糊就越急，最后只剩下他的喘气声，哀叹声。朵儿看到他的脸变了形，山子不再是都庞岭山峰一样的山子。山子不甘心地停止了动作。暗光里，他看到朵儿眼角滚出了好几颗硕大的眼泪，比秋后白菜上的露珠还大，里面闪着他垂头丧气的影子。

黑子第二天早早来到工地，吐着烟圈儿走到吊车下面，仰头大声对半空中的山子喊："山子，下来，抽支烟。"山子坐着升降机嘎嘎地落到了地上。黑子把烟递给山子。山子点上火，抽得山响，从烟圈里他看到太阳就是一个鸭蛋黄。黑子问："昨晚战果如何？"山子猛吸了几口烟，不作声，脸一下就红了，比昨晚喝了酒后还红。黑子又说："估计你是被吓得有障碍了，建议你跟朵儿制造一个若即若离的关系，引入竞争，就像好的东西快要失去时，自己就会特别在乎，特别珍惜，这样就会激发你的占有欲。"山子又吐了几口烟圈，眼睛望向远处，小声问：怎么个若即若离？黑子说："朵儿现在只给大伙儿做饭，从明天开始让她给大家做完饭后，再到我租的房子里帮我做饭，这样不就造成若即若离的感觉了？"山子闷闷说："那就试试吧。"他说完，把烟头用力地摔到地上，又无声地钻进升降机。

朵儿上午 11 点开始在工地做大伙儿的午饭，12 点就去黑子租的房子帮黑子做饭；下午 5 点开始做大伙儿的晚饭，6 点去黑子租的房子帮黑子做饭。山子从塔吊上下来吃饭时，看不到朵儿。尽管他知道朵儿去黑子租的房子做饭去了。但他的眼光还是到处搜寻。他想朵儿了。他想，可能这就是黑子讲的若即若离吧。过了大约三天的晚上，朵儿从黑子那做饭回来，朵儿晚饭也没吃，太阳那时还没下山，工友们还在外面叽叽喳喳嗨天嗨地，他迫不及待把朵儿拖进板房，想抓住时机办事。可是，强烈的欲望荡漾在脑海里，并没有结果。一连试了几天，均是叶公好龙。他像斗败的公鸡，内心极度苦闷。

朵儿从第二周开始，每天中餐、晚餐都不回到工地吃了，她在黑子那里做完饭后，黑子都要留下她吃饭。山子发现了这个变化。他没有阻止，他以为黑子作为老板的伙食，肯定要比大锅饭好，朵儿喜欢在那里吃就吃吧。

一天晚上快转钟了，朵儿才一身酒气回到板房，回来时还哼着"真的好想你"。山子问她去哪里了？朵儿说："黑子今晚带我去吃海鲜了，那些海鲜别说没吃过，有的看都没看过。吃完后，黑子带我去嗨歌了，黑子夸我歌唱得好。"

山子看朵儿的眼光点得燃火，朵儿像一个火球在他面前晃来晃去。他脑子像糨糊一样搅着，混混沌沌，迷迷糊糊，只好躺下继续睡。可是，他翻来覆去怎么也睡不着，越睡越清醒。他就天南地北地瞎想，想来想去就想出了一些道道。他问黑子结工钱。黑子请他按摩。他现场被捉去派出所，黑子在外面围观。黑子捞他出来。黑子请他吃宵夜。黑子给他讲方法。黑子让朵儿帮他做饭。他想着想着，出了一身冷汗。他觉得黑子故意设陷阱害他。黑子前几天吃夜宵时也说了，他是被吓的。他被吓就是黑子做的局。他终于发现了这个天大的秘密。于是，他要向黑子讨说法，要黑子负责，要找黑子赔钱。

次日，山子没钻进升降机，没升到半空中开塔吊画弧线，他在工地上等黑子到来。

九点半，黑子才打着哈欠来到工地。山子走到黑子面前说："我这样，你要负责，你要赔钱。"黑子莫名其妙，反问山子："要我负什么责？赔什么钱？"山子说："你故意陷害我，把我吓的。"黑子说："我花钱请你按摩，你要脱光衣服，还要爬上小姐身上做事，你被公安抓了，我花钱把你捞出来，你不但不感谢我，还倒打一耙，说我陷害你，真是农夫与蛇的故事。"山子说："就是你故意害的，你要赔钱。"黑子说："神经病！"说完，扭头就去了工地别处。山子呆呆地望着他的背影。山子就蹲在地上，捡了一根废钢筋，像演算初中几何题目一样，又在地上画了一遍。他坚信这些事情就像算盘子样，一串一串穿得严实，滴水不漏。他一定要黑子负责，找黑子赔钱。

此后，他不再上去开塔吊。他的任务就是找黑子赔钱，黑子走到哪里，他就跟到哪里，像一个跟屁虫。一连三天，都这样。黑子无奈，让他拿证据。他就说："那天晚上一起跟牛子吃夜宵时，你黑子亲口说被吓的，你喊我去被吓的，难道你不负责吗?"黑子问："你要多少?"山子说："一百万，负责我一辈子。"黑子被吓了一跳，愤怒地说："去你的鬼!"

之后，黑子就把牛子调在身边当保镖。山子一靠近黑子，牛子就站在他俩的中间，把山子与黑子隔开。牛子像都庞岭的主峰，山子是次峰，黑子就是山脚的丘陵。这样冷战又过了三天。

那天，刚好牛子满二十八岁生日，牛子晚上请大家吃饭。黑子、山子一众老乡都参加了。几轮酒下去后，黑子端着酒杯走到山子面前，对着一桌人说："山子，看开点，不要纠缠了，慢慢养好身体还会是一条汉子的。"山子没理他。牛子觉得山子没给黑子面子，他于是站起来说："黑子在省城打天下不容易，要跟着黑子。"众人站起来齐声说："好。"大家头一晃，就把一杯干掉了。只有山子坐在那里像菩萨。喝完酒后，牛子请大家去 KTV 唱歌找小姐。黑子居然大声说："山子，你就不要去浪费钱了，你是公公。"一桌人哄堂大笑起来。山子端起一杯酒咕咚咕咚一口喝完，把杯子狠狠地摔在地上，无声地走了。

山子回到工地板房时，正碰上朵儿出门。朵儿跟他说："黑子喊我去嗨歌。"黑子他们不是去 KTV 找小姐吗? 黑子他妈的把朵儿当小姐了。山子拖着朵儿，不让她去。朵儿挣脱山子的手就跑了，山子在后面骂了一声："有本事，你就不要回来。"那一杯猛酒让他倒在了床上，尽管心里气鼓鼓的，可没一会就迷迷糊糊睡着了。第二天醒来时，发现朵儿还真没回来。

山子起来，默默洗漱，又默默到了工地。黑子直到 10 点才大摇大摆到来。牛子跟在他后面，像哈巴狗。山子靠上去说："赔钱，赔我一百万。"牛子就马上站在他跟黑子的中间，像隔开两头要斗架的公牛。可是，黑子却一把将牛子拉开，指着山子的鼻子骂："你就是个窝囊废，赚不到钱来敲诈我?"黑子的声音像打雷一样，响彻整个工地，工地上的工友们听后哈哈大笑，到处是笑声，笑声此起彼伏，笑声穿透了混凝土结实的厚墙，在明丽的空气里飘荡。黑子骂完后，还要伸手打他。牛子手快，把他拖开了，才避免短兵相接。

山子觉得自己一米七八的个子，不停地在缩水，一下就萎缩得比黑子一米六三矮许多。他没继续纠缠和争辩，无声地回到板房。朵儿已经回来了，正拿着一支口红在嘴唇上涂。山子觉得朵儿的嘴唇像鸡屁股。朵儿看到山子一进门，就对他说："我要离婚。"

山子跳起来用力抽了朵儿两耳光，你想离婚?! 看老子怎么收拾你!

朵儿捧着脸跑了出去。

山子气鼓鼓靠在床头，又前前后后把这些事情串了一次，他发现整个事情一环套一环，居然那么清晰。黑子，老子要干掉你!

山子就想起了家里的鸟铳。

山子家在都庞岭脚下，父亲那时经常进山用鸟铳打野鸡、野兔甚至野猪。山里的野味，给他儿时带来快乐。他经常在吃那些野味时，父亲说他像猪一样享受。后来，不准随意打野味了，政府也统一收缴鸟铳，不准私自拥有这些东西。父亲只交出了一支长的，还有一支短的，父亲藏了起来。

这时，山子无比感谢父亲，他觉得父亲多么有先见之明。

他忽然精神百倍，赶到汽车站坐大巴，回到四百里外的家。

山子准确无误地找出鸟铳。鸟铳已经锈迹斑斑，布满尘埃，像父亲过去的旧时光。他想起父亲当年打回野味时的神情，让他的目光不敢过多停留在鸟铳上。他崇拜起父亲来。父亲与山斗，与野兽斗，一辈子风风光光，平平安安，自己在鸟铳面前，是多么弱小。他小心地拂去鸟铳上的灰尘，擦拭了锈迹，扳动了几下扳机，鸟铳发出清脆的响声。他用毛巾小心地把鸟铳包起来，小心地藏进了双肩背包，包了一包鸟铳用的沙子。为了逃避坐大巴的安检，他花了300元搭了一辆顺风车回到工地。

次日七点，山子提着双肩包等在黑子出租屋的门口。鸟铳给了他力量，他的身高又变回了一米七八。今天，他一定要一个结果。先把要黑子负责的一百万解决好，再来解决朵儿闹离婚的事情，饭要一口一口吃，事情要一件一件办。他一直等在黑子的门口。晨风悠悠吹过，太阳烈烈地爬出来了。直到九点门才打开，是一个穿睡衣的姑娘出来丢垃圾。山子初看觉得面熟，仔细一看，居然是那晚的小姐。山子一下就火冒三丈，他×的，那小姐居然是黑子养的。山子把小姐堵在门口，大声问："你怎么在这里？黑子呢？"小姐看见山子一怔，没回过神来。一会儿她说："那个天杀的，昨晚跟派出所几个在外面打牌，又一通宵没回来。"山子看到小姐脸上的胭脂还没洗褪完，他蓦地就起了念想。

黑子，你有初一，老子就有十五。他一把就把小姐抱着往屋里拖。小姐拼命地挣扎，他把小姐摔到床上，褪下裤子，猛扑到了小姐的身上。

"山子，你个畜生！"黑子在后面大骂一声。他从外面回来了，把山子拖起来，一顿拳脚相向。山子用双手抱着黑子的腰说："我被吓的事情了结了。但你让朵儿闹离婚的账，今天也要有一个结果。"黑子用劲要甩开山子的手，大声说："好，你等着，我打110报警。"山子紧抱着黑子的腰不松开，黑子怎么甩都甩不掉，两人一直扭打着。黑子好不容易挣脱，拿电话要报警。山子从地上的双肩包里拿出了鸟铳，对着黑子说："敢！你报警就干了你！"山子用鸟铳指着黑子脑袋的时候，世界很寂静，只剩下两个男人的喘气声。这时那个小姐从山子后面抱住他的双手，喊："黑子快报警。"害人精！山子的头发一根根像野猪毛，直插天空。他大声喊："滚开！"小姐像磁铁一样粘着他。他奋力地挣脱拿着鸟铳的右手，朝小姐的胸口扣动扳机，小姐倒向地上，划出了一条美丽的弧线，胸口炸开像都庞岭上初夏凋零的杜鹃花。

流量飞起来了

一

贺老嗲单位组织体检，发现他每天挺着球一样的肚子，原来是个大瘤子。第二天，妻子素妹陪他去省医院，挂的专家号，做了核磁共振，把腹部反复照透了，专家拿着片子看了好一阵后，用眼光扫了一下他，轻声问："这女的是你什么人？""我妻子。"他回答。"那我跟他讲，请您出去一下。"专家说。"不用，我知道是一个瘤子，上次体检报告就已经写明了，我不怕，真的一点也不恐惧，请您告诉我，是否可以手术？或者我还可以活多长时间？"贺老嗲眼光坚定地看着专家，还用手拍了几下他的圆球，圆球发出啪啪的响声。这时，倒是素妹的脸像石板一样板了起来，她用手拍了下贺老嗲的背说："专家喊你出去，你就出去一下吧。"语气里有种哀求的味道。贺老嗲没理她，继续跟专家说：

"请您告诉实情,我真的不怕死。"是的,贺老嗲是经历了生离死别的,内心早就有强大的免疫力了。专家看他的确没有一丝恐惧,就直接跟他说:"您这是个巨瘤,把胃、肠、肝、前列腺全部粘连了,还缠绕了主动脉血管,就像在腹部用水泥做了一个球,如果手术,可能导致大出血,下不了手术台……""回家。"专家的话未讲完,贺老嗲就干脆地回复了,一点也不含糊犹豫。素妹说:"先住院吧。""住你个头,回去。我现在不痛不痒,能吃能睡,每天还搞两顿酒,就真的死得那么快?走。"贺老嗲说完就走出了专家门诊。素妹没动,在里面待了几分钟才出来,眼角明显有了泪痕。她出来时,还用手擦了几下眼角,强装笑容对贺老嗲说:"好,我们回去。"

素妹发车的手颤抖得很厉害,车子发动了三次才打着。贺老嗲说:"你紧张什么?我不会死得那么快的,我们的缘分还没到头。"素妹车子发动后,她就开始打电话,通知强生、苹果今天晚上回家开家庭会。她拨通强生的电话,响了很久没人接,然后,她拨苹果的电话,响了几声后,苹果接了。"妈,正忙着店子的事情呢。有事情吗?"苹果的话未讲完,她的眼泪一骨碌就流了出来,她拿手机的右手,扶方向盘的左手都在抖,筛米一样,她半天说不出话。苹果在电话里问:"妈,妈,有事吗?你讲话呀讲话呀。"素妹用力提了一口气,说:"你老爸喊你今晚回家吃饭,开个家庭会。"苹果说:"啥会呀,我晚上不做生意啦?晚上回不去。"素妹气得大声说:"你老爸要死了。"苹果说:"哪个老爸要死了?""你回来就知道了。"素妹说完就把电话挂了,眼泪掉在了方向盘上。她感到浑身无力，把头靠在座椅上，平复了十几秒，又打强生的电话。连续拨了三次，强生才接电话。"阿姨，正在直播呢，有事快讲。""你爸喊你回来吃晚饭，吃完饭后开家庭会。""好，好的。"强生满口答应了。素妹打电话的时候，贺老嗲一直闭着眼睛，不知道是伤了还是累了。

<h2 style="text-align:center">二</h2>

强生是贺老嗲儿子，苹果是素妹女儿。贺老嗲与素妹结婚前，都有过短暂的婚史。贺老嗲第一任妻子是一位育种专家的女儿，20世纪80年代流行洋插队，与他结婚两年后考托福去美国留学，从美国给他寄回一纸离婚协议，他不得不离了。第二任妻子做农资生意的，他俩结婚一年后生下强生，可是强生满周岁那年她骑摩托车发生车祸身亡。素妹是他的第三任妻子了。素妹的前夫因盗窃被判十年刑而离婚。强生小学毕业那年春节，他带强生回老家过年，大嫂给他介绍了素妹。素妹是大嫂的远房表妹，那年二十八，苹果七岁。贺老嗲比她大一轮，整十二岁。素妹当时提三个条件：第一，把她和苹果的农村户口买成长沙城市户口；第二，安排工作，让她有班上；第三，把苹果当自己的女儿，不要虐待。答应这三条，就跟贺老嗲走。贺老嗲感觉像买老婆似的，但第二任妻子已离开快十年了，他已到中年，的确需要一个女人把家庭的缺角补上，该有个完整的家了。素妹虽然相貌普通，但温柔贤惠，也就咬牙答应了素妹的条件。最后，他花了

八万多,把素妹和苹果的户口转到长沙郊区,在农作院一个合作单位给她找了一份临时工。这样一家人不咸不淡过了二十多年。只是两个孩子让他操碎了心。强生梦想当男星,一夜成名。高中毕业考大学,只上了职院录取线,当时他报考省影视职业技术学院表演专业,结果被摄影专业录取。进大学后,他知道了张艺谋最开始也是从扛摄像器材摄像开始的,最后成为国际知名大导演。因此,他梦想像张艺谋一样,成不了男影星,将来成为导演也行。贺老嗲一心支持他,因他从小缺少母爱,他的愿望贺老嗲总会想方设法满足。各种摄像器材,只要他提出,贺老嗲都会咬紧牙关买。可是,强生大学三年连一条成篇的短片都没拍出来,还经常挂科补考,反而成了学校旁游戏厅的主力队员。有一次,强生说要买单反相机,贺老嗲给了他两万,他却拿着在游戏厅里战斗了四天五夜,班主任打电话问贺老嗲,他才知道强生一直没去学校上课。他心急火燎把他从游戏厅里捉了出来。事后,素妹知道了,回湘西娘家住了半个月才回来,表达无声的抗议。强生玩游戏的同时还先后跟六个女同学谈恋爱,有个同学的父母都闹到了他家里,说他把姑娘弄怀孕后闹分手,女孩父母帮女儿讨打胎费、营养费、青春损失费,后来赔了三万才了事。这样折腾了三年,最后连毕业证都没拿到。贺老嗲脸面丢尽了,被折腾得精疲力竭。强生离开学校几年了,给潇湘电影制片厂、湖南卫视等单位投简历,均石沉大海,连面试机会都没有。整天游魂一般没日没夜在大街小巷到处游荡。近三十了,回来就讲,我们这是组合家庭,哪里来的温暖?贺老嗲想起来就反胃。

苹果也不是省油的灯。她个子像素妹，十五岁时就出落得亭亭玉立，长长的脸，嫩白的皮肤，初中毕业就不读书了，说是为了减轻家里负担，她要早走上社会打拼。她去过酒吧当陪酒女郎，到 KTV 当公主，嫌赚不了快钱，直接到洗浴中心坐台了。有次扫黄打非，她与一群姑娘、嫖客被公安抓了现场，通知家长去派出所缴罚款领人。贺老嗲觉得丑极了，死命不肯去，对素妹说，你这个女儿怎么得了？素妹回了句，你的崽呢？还不是半斤八两！贺老嗲一时无语直翻白眼。

这些鸡零狗碎的事情，让贺老嗲的生活烦透了，糟糕透了，有时候真的怀疑人生。但一年半前发生了根本变化。贺老嗲退休后鼓捣棉花品种选育研究，获得一个新品种的专利。他把这个品种卖了。收到钱那天上午，他问素妹："你猜我有多少钱？"素妹说："你除了单位每月发几千块退休金，还能有什么钱？"他右手食指神秘地伸出一个"1"。"1000 块？"素妹猜。他摇头。"1 万块？"他还摇头。"不会是 10 万块吧？"他继续摇头。素妹望着他，开始搞不懂了，觉得他一下陌生、神气起来。"那你说，究竟有多少钱？"素妹反问贺老嗲。他小声说："100 万。"素妹那时正在往热水瓶里倒开水，她听后大为震惊，手颤抖了一下，把开水倒在外面，开水浸到了她脚上，烫得直跳。"脚被烫得好痛，不是做梦吧，老头子？"素妹说。贺老嗲这时站在她面前，再次用右手食指伸出"1"，说："千真万确，我是百万富翁了。""你抢银行了？"素妹问。他说："我一辈子什么时候做过违法乱纪的事情？这段时间我搞了一个品种，卖了 100 万。"素妹听完后，大喊了一声："我的天！"

于是，他把心里盘算了很久的计划跟素妹坦白了。素妹说："钱是你赚的，你想怎么安排就怎么安排吧。"他就让素妹通知强生、苹果回来开家庭会。其实，说家庭会，这也是他们家的第一次。素妹通知强生和苹果回来开会，他俩不约而同地表示惊讶，觉得是天下奇闻，这么多年了，家里什么时候开过家庭会？有什么事情需要开家庭会？难道太阳从西边出来啦？素妹回复道："是太阳从西边出来了，你老爸赚了 100 万，喊你们回来分钱。"

家庭会开得虽有点风浪，但有惊无险。毕竟分钱嘛，对于强生和苹果来说，是天上掉了大馅饼。当时，贺老嗲把分配计划通报后，强生马上说："老爸，我是亲儿子，我要分一半。"贺老嗲不同意，看着强生说："强生，人不能太贪婪，我已经偏心照顾你了，阿姨、苹果都没作声，你还讲什么？"强生接着说："我是亲儿子，将来万一你病了，他们会作鸟兽散，最后还不是靠我？你有钱时，不照顾我，我以后怎么来照顾你。"贺老嗲生气了，大声说："你怎么这样讲阿姨和苹果？真是狼心狗肺！如果你不愿意，那我就让你与苹果分一样多算了。"素妹听了强生的话也不高兴，她说："强生，讲话要凭良心，我跟你老爸结婚都二十多年了，我什么时候有过私心？就算你老爸将来病了瘫在床上，我也会给他送菜送饭、端屎倒尿。"苹果坐在旁边玩手机，她知道自己没有发言权，给多少就多少吧，不管多少都是意外之财。强生见贺老嗲主意已定，耍赖不成，只能勉强接受。最后，贺老嗲提了一个要求，他说得很直接，很清楚，就是要强生、苹果拿这钱买断过往的历史，一笔勾销，重新做人。强生和苹果都点头答应了他的要求。最终，分配方案如下：素妹 15 万，买辆车；强生 30 万买房付首付，10 万投资做快马视频；苹果 30 万开湘西土菜馆；贺老嗲留 15 万，打牌钓鱼喝酒。

三

晚上又要开家庭会，强生、苹果都要回来。素妹与贺老嗲回到家后，她拿环保袋去超市买菜。平时她都是去旁边的农贸市场，菜要便宜一点。今天她要去湘江超市，不省那几块钱。湘江超市是长沙物品种类最丰富的超市。她要多买些贺老嗲喜欢吃的东西。她问贺老嗲："老头子，今天想吃什么菜？"他说："就想吃你炒的腊肉，买点湘西腊肉吧。"

素妹炒了一桌菜，有青椒炒腊肉、水煮鱼、清蒸鸡，还有几个时蔬，过节一样的丰盛。摆了四套碗筷。平时，素妹会给贺老嗲倒上二两老白干，今天她没。他坐到桌边，看见没倒酒，就自己拿杯子倒，说："自己动手，丰衣足食。"素妹不肯，要去抢贺老嗲的杯子。贺老嗲说："我刚病了，你就不给喝酒了？"素妹说："还不是为了你好？""不管它，要死卵朝天，不死万万年，酒还是要喝的。"贺老嗲从她手里抢过杯子，咕咚咕咚倒了一满杯，足足有三两。

他俩一直等到晚上八点半，没见强生、苹果的影子。菜都凉了，素妹把菜热了一遍，强生、苹果还没回来。贺老嗲说："不等了，我们吃吧。"他端起酒杯喝了一大口，特别享受，仿佛很长时间没沾酒了。素妹坐在对面，没动筷子，她一点食欲也没有，她木木地看着他吃。她今晚觉得他喝酒的声音特别响，特别脆，特别悠长，眼泪像不听话的孩子唰地又流了出来。贺老嗲看到后，用筷子夹了一块鸡肉给她，说："你也吃吧，哭啥呢？"然后，他又端起酒杯喝了一口，夹起一片腊肉放进嘴里。素妹还是没动筷子。他对她说："素妹，我们在一起多少年了？""二十三年了，老头子。""是呀，二十多年，说长也长，说短也短，那年你才二十八，现在都过五十了。""老头子，你觉得亏不亏呀？你曾经跟我说过，是买来的老婆。""哎，说这个有什么意思？哪天我真走了，你要好好生活。我那十五万还有十三万，我都悄悄留给你。"他话音未落，素妹蓦地就站了起来，伸手抢了他的酒杯，啪地砸在地上，玻璃酒杯开出了一朵花。"老头子，你喝醉了，讲醉话了……"

直到晚上十点半，强生、苹果才前后脚回来。贺老嗲和素妹还坐在饭桌旁等着，一桌的菜基本没动，摆在那里似乎生着闷气。强生酒气熏天，一进屋就问："又开什么会？是不是又要分钱？"苹果买了一些香蕉、橙子等水果。她也同样纳闷。贺老嗲见他俩回来了，喊素妹再去热一下菜。"老爸，今天你过生日？"苹果问。素妹热菜后，一家人坐下来。贺老嗲说："我病了，今天到省医院复查确诊了，肚子里长了个大瘤子。医生讲，像水泥一样把胃、肠、肝等粘连了，还包住了主动脉血管，如手术的话，风险很大，怕下不了手术台。今天开家庭会，一家人讨论一下。"他说得很平静，仿佛说着一件与自己无关的事。素妹坐在旁边哭丧着脸，没作声。强生和苹果都一脸惊讶。苹果说："老爸，你身体这么棒，不可能这么严重吧？我建议去做手术，这段时间我的土菜馆赚了一些钱，需要钱的话，我可以拿些出来。"贺老嗲感觉苹果真的长大成熟了，买断历史后，像换了一个人。他很宽慰。苹果说完后，他把眼光转到了强生。强生正埋着头，吐着酒气，好一阵不说话。贺老嗲喊他："强生，你讲哈。"强生抬起头来说："我不同意手术。"苹果接着说："做吧，不做手术就是等死。"这时强生突然站起来大声说："你们就是想让我爸做手术，好让他死在手术台上，你们好分财产，跟你的亲爸团聚。告诉你娘俩，他是我亲爸，我是他亲儿子，我说不行就不行。"强生这一席话，让贺老嗲也气愤地站起来，一巴掌狠狠打到强生脸上，对他说："你讲人话好不好？"强生捂着脸，冲出了家门。素妹、苹果不知道咋办。

家庭会不欢而散。

第二天上午不到 9 点，强生带来了外公、外婆、舅舅、姨妈、表妹等十几人来到家里，把不到 20 平方米的客厅挤得满满的。这些亲戚从强生妈妈出车祸变故后，像风一样曾经消失得无影无踪。今天刮什么风把他们吹出来了？贺老嗲不解。素妹见来了客人，拿杯子准备倒茶。强生说："阿姨，不要倒茶了，今天我把亲戚们都喊来了，趁我老爸还清白，我要他跟你离婚，把家里的财产分掉。"亲戚们站的站，坐的坐，每个人都板着脸，他们好像是来讨债的。贺老嗲听明白了强生的意思，气得青筋直暴。他用手指着强生说："你这个孽子，我还没死，你要让我离婚，要分财产。老天有眼，会收了你这个孽子。你太没良心了!"素妹见强生这阵仗，起身后又顿回沙发上坐着，一直没说话，一身打冷战，一会儿就出了一身的虚汗，把内衣全浸湿了。她站起来准备进卧室换身衣服躺一会。强生见状，走过去拦住她说："阿姨别走，今天这些事情没个结果，我的亲戚是不会走的，我也是不罢休的。"她还是没作声。贺老嗲冲过去对他抽了两巴掌，骂他："孽子，孽子。"强生舅舅此时走到他与强生的中间，把他俩隔开，对他说："姐夫哥，你不能打崽呀。"素妹趁机径直进了卧室。贺老嗲没辙，转身对强生外公、外婆说："爸、妈，强生这不懂事的孩子，把你们都惊动了。不要听他的，我身体好得很。你们劝劝强生吧，不要这样胡闹了。"强生外公说："小贺呀，我闺女命苦，死于非命，强生是她留下的独苗，你不能不管呀。有的事情是要在清醒的时候处理好，以免万一……"强生外公的话未说完，他外婆就呼喊着哭起来："我的女，你命好苦呀，强生那么小，你就走了，留下强生孤苦伶仃。"强生舅舅、姨妈、表妹等人喜鹊闹枝一般，你一言，他一语，叽叽喳喳吵开了锅。临近中午，亲戚们打开冰箱，翻箱倒柜，开始做午饭。他们准备打持久战了。贺老嗲疲惫极了，觉得肚子这个球要牵着他往地上翻滚，开始觉得天昏地转。他顺势伏在餐桌上想迷糊一会。强生舅舅走过来说："姐夫哥，不要睡，把离婚、分家这些事情搞清楚再睡不迟。"他还伸手去抬贺老嗲的下巴。这时，素妹打开卧室门冲了出来，对他们说："我不会跟老头子离婚的，就是老头子死了我也不离，家里的财产，我跟苹果一分也不要，强生你全部拿走。然后，她收拾一些衣服准备要外出。贺老嗲拉着她："素妹，不要走，不能让这孽子得逞。"素妹转身就伏在贺老嗲圆球般的肚子上哭，泪水打湿了他的衣服。

这时，强生表妹用手机对贺老嗲和素妹照了几张相片，走过去翻给强生看，跟强生耳语了好一阵，强生不断地点头称是。然后，强生走到了贺老嗲与素妹的面前，对贺老嗲说："老爸，你是我亲爸不？"他的语音忽然细软下来。

"是。"

"我是你亲儿子不？"

"是。"

"是不是一直希望我成就一番事业？"

"是。"

"在还能帮我的时候，你是不是愿意帮我？"

"只要不提让我离婚，什么都可以答应。"

"我不让你离婚了。"

"那你想什么？"

"我开了快马视频，你帮我当七天演员，我视频直播你抗击病魔生活的场景，阿娘一起配合，帮我把快马视频做起来，让流量飞起来了，粉丝就多，你就成为网红，就有人来投广告，快马视频的估值就成倍上涨。那时我把快马视频卖掉，说不定可以卖上千万呢。你亲儿子不成千万富翁了吗？"

贺老嗲拉着素妹的手，听得糊里糊涂，心想只要不让离婚，他就满口答应："好，好！"素妹这时也平静了，她靠着贺老嗲的肩膀，也没说什么。但强生外公、外婆等众亲戚更加稀里糊涂，你不是喊我们来闹、帮你分家、赶阿姨走吗？怎么一下就变了？他们十分纳闷，一会儿像风一样就全跑了，又消失得无影无踪。

四

次日上午，强生带来了一班人。贺老嗲以为强生反悔了，又叫一拨人来吵来闹。他紧张地对强生说："昨天不是答应了吗？又喊人来闹？"强生说："老爸，你别紧张，我慢慢跟你讲。"强生对来的人一一介绍，有导演、策划师、编剧、摄像师、后期制作师、技术指导、剧务、服装设计师、场记，阵容十分完整强大。贺老嗲一时没记全，他觉得有些称呼像电影、电视剧后面的名称。他想强生这是真的搞正事了，然后他又好奇起来。不管怎样趁着还有口气，能帮就帮他吧。这时，强生把一个留着长发、蓄着小胡子的年轻人叫到他面前介绍："这是魏导，整个视频直播全部由他负责。"然后，魏导就开始跟贺老嗲介绍、讨论一周视频直播的计划。经过讨论，他们对一周的视频直播计划达成如下：第一天，直播他一日三餐和睡觉，要求吃饭的时候，有他喂素妹的镜头，睡觉时有他抱着素妹亲吻的画面，标题：病重情飞扬；第二天，直播他打太极，最后时发力，一掌把一只篮球打破，特写他的肚子如圆球，标题：圆有朝夕；第三天，直播他空中漫步练习八段锦，用起重吊车吊在空中，如飞人一般在空中练习，标题：飞天八段锦；第四天，直播他练少林一指禅气功，发功把三米外的素妹像磁铁一样吸到怀里，然后通过意念控制素妹，让她哭就哭，让她笑就笑，标题：一指连心；第五天，直播他用肚子当支点，伏在一个桌面上像陀螺，背上堆满变形金刚、蜘蛛侠，标题：支点改变世界；第六天，直播他穿汉服，走在一行旗袍女子队伍中，当模特队长，旗袍模特倾倒在他的肚子下，开成一朵朵芙蓉花，标题：绿叶还是红花；第七天，直播他在岳麓山上看日出，登高望远，他用肚子圆球与太阳对抗连线，标题：世界就是一片天……

贺老嗲有的理解，有的不理解，满脸疑惑，但有一点他明白，就是让他拼了老命不要脸。没有办法，只要强生不闹，只要如强生所说，能帮他的快马视频流量飞起来，不要这张老脸就不要吧，一个将死之人还要什么脸面？忽然，他又悲伤起来。魏导跟他解释说，这就是网络，只有出奇，吸引眼球才可吸引流量，才可有成千上万的粉丝，才会成为网红，才可以爆款……

坐在一旁的素妹觉得难为情，都七老八老了，还让老头子喂饭，睡觉时让老头子搂着亲，自己不嫌羞掉大牙，让看到的人讲这两个老不正经？她提出是不是可以改一下，她没办法配合。强生威胁说："你不配合，那就离婚吧。"她就不再作声了。

第一天视频直播，他们打的标题是"病重情飞扬"。贺老嗲和素妹按照魏导的意见，摆 POSE，入情境，真是刻骨铭心的黄昏恋。直播不到十分钟，就有千人点赞，帖子不停地闪现：快消品、扛精、冲鸭、雨女无瓜、盘他、锦鲤、菊外人、刺激得 wysl、生命中许多东西可遇不可求，刻意强求的得不到，而不曾被期待的往往会不期而至……强生看到开局良好，甚是兴奋。他不断地提醒摄像师，机位，机位，让C位出道。剧务当晚十二点统计，点击量15000，点赞8000，粉丝800。强生拿到这些数据很不满意，没有开播时的兴奋劲了。他立即组织团队连夜开会。他说，这么一点流量、粉丝，离策划的目标太远了。要求剧务煽动网潮，组织水军，像台风一样刮起来，力争明天点击量、点赞、粉丝都要过十万，让互联网行业知道什么是快马视频的效率，让快马视频成为势不可挡的行业新锐。

次日，出了点小插曲。一大早，素妹消失了。强生问贺老嗲，贺老嗲说，他也不知道。强生猜想她是躲出去了。好在第二天没有素妹的角色，不影响直播。而苹果却找到强生，要把湘西土菜馆植入进去做广告，要搭顺风车。强生说，植入广告可以，但要收费，鉴于你是妹妹，给个亲情价，付两万算了。苹果说："你抢钱呀，老爸我也有份呀。"强生反问道："是你亲爸？"最终没谈成，苹果悻悻地走了。直到上午10点才开播。贺老嗲穿了一身宽松的汉服，脸上没有任何表情，哈欠连天，似乎很疲倦，他双手抱着一个篮球在肚子上滑滚，远看像二龙戏珠一样滑稽。直播开始后，很多人跟帖：十动然鱼、当代苦行僧、硬核、猥琐发育别浪、都"9102"年了还玩这把戏、脑洞大开、情末了、见证奇迹的时候……突然闪出一条帖子：亲们，这完全是骗局，大家不要信。落款知情人。结果，粉丝们对知情人发动洪水溃堤一般地进攻谩骂："操，什么鸟？切，有人吵局？只能呵呵了……"

突然兴起的网络交锋，强生爽极了，就是要这效果，就像很多女明星隔段时间就要在网络上炒作一下花边新闻黑自己。直播结束后，他给苹果打电话说："谢谢你的帖子，明天继续。"当晚，剧务统计，点击量200000，点赞130000，粉丝101090。强生深夜再组织开诸葛亮会议，他说，今天虽有小插曲，但整体目标已达成，非常棒，但明天三大指标均要过百万。后天我们就要植入广告，让飞起来的流量变现。强生说话的眼神也飞扬了起来，打了鸡血一样。会议开到凌晨两点，他请大家到南门口吃夜宵。吃夜宵时，他拿出10万元现金摆在餐桌上说，这是三大目标过百万的奖金。

第三天，视频直播贺老嗲用吊车吊起来，在空中漫步打八段锦。贺老嗲被动漫设计师化装成飞天仙人，很卡通，富有喜感。直播半小时，点击量瞬间就突破了五十万，这样的增长速度，过百万就像王健林说的小目标了。直播第45分钟时，强生的手机响了，一个美国越洋电话。

"强生老板吗?"

"是的。"

"快马视频的直播很刺激，你的主角可以租我用一下吗?"

"你想干什么?"

"我租用两天，每天给你1万。"

"1万怎么行? 每天的流量、点赞、粉丝几个主要的指标都暴涨，1万算什么?"

"你要多少?"

"每天 2 万美金。"

"真是会做生意的家伙，好，每天 2 万美金。"

"你在美国，怎么可以租给你？"

"你同意的话，我马上飞长沙，明天凌晨就到。但我要求你马上停止这个直播。"

"打 2 万美金来，我就马上停播。"

"报银行账号，立马付 2 万美金给你。"

强生收到 2 万美金后，他马上叫停。他告诉大家，刚才接到一个美国投资商的电话，并已收到定金。说明这两天的直播卓有成效。但这个投资商让我们今天暂停直播，她要来跟我商量面向全球更大的平台。他同时要求策划师在平台上发一个帖，跟粉丝亲们解释，主角由于连续直播，体力透支，需要休息调整一下。请大家静候下期。强生明知在撒谎，却说得头头是道，合情合理。

美国女人效率真高。次日凌晨 3 点，一位戴墨镜的女人就出现在强生的面前，她提了 4 万美金现钞。她对强生说，今天早晨八点，我会开车来接你的主角，希望你信守承诺。强生还没看清楚她的样子，她就消失在夜阑中。他很纳闷，这个人真爽快，难道美国人就是这样钱多人傻？

八点时，一辆商务车准时停在了贺老嗲楼下，强生送贺老嗲上车，素妹寸步不离地跟着，她以为贺老嗲要转场了。他俩上车刚坐下，戴墨镜的女人把墨镜摘掉，回头看他俩。这时，贺老嗲"啊"地叫了一声，晓晓是你？晓晓像仙女下凡一样，突然出现在他面前，四十年未见面了。晓晓说："老贺，你怎么落得这么凄惨？我在网上看了你三期视频直播，我一边看，一边哭，你一把年纪了怎么还在搞杂耍呀？我良心上非常非常不安，觉得当年对不起你，会受到上帝的谴责和惩罚。我后来了解了一些情况，就冲动地从美国回来了。有病不要紧，你的病做手术虽有风险，但还是有机会的。上次帮你看病的医生是我高中同学，他是省医院的一把刀。我专门问了他。他跟我说，不手术的话，可能就只有三个月的生存期了。"贺老嗲坐在车上局促不安，不停地搓手，他没搞清楚晓晓是怎么出现的？听晓晓说完后，贺老嗲马上对坐在旁边的素妹说："这是美国回来的晓晓。"素妹其实已从晓晓的话语中听明白了她是谁。素妹对她点头笑了一下，问她："那个专家是你高中同学？"晓晓回答说："是的。"素妹再问："真的可以手术？"晓晓说："他有丰富的手术经验，相信他。如果老贺不去闯这鬼门关，后面就是鬼关门了。"

强生在外听到他们的对话，感觉有故事，他猜想这人也许是老爸的第一任妻子。第一任妻子与现任妻子在一起，让她们为了一个男人，为了一个绝症男人而争执、吵闹，这不是更有爆款力吗？流量不飞上天吗？真他妈比策划设计还绝。他马上打电话给魏导说："快，赶快开车过来，赶快开通视频直播。"他们开车一路追随商务车，一阵忙乱后，视频直播又开通了，并打上字幕：远在美国的第一任妻子，背着老公来到长沙密会前任，被现任捉了现场，好戏就要开始。

他们随商务车来到了省医院，视频直播如影相随。贺老嗲走下车，对强生说："强生，来吧，给你介绍一下，晓晓大娘。"

"老爸，你讲清楚，什么晓晓大娘？"强生故意装糊涂。

就是你老爸的第一任妻子。

强生感觉真的飞起来了。故事太奇妙了，比编剧还编剧！他用余光瞄了一下视频，此时流量飞得更高，爆款了，在线人数达到了两百万，网潮澎湃……

他们随着晓晓大娘找到一把刀。一把刀再次跟贺老嗲讲了手术的风险，让他自己和家人决策。听完一把刀的意见后，贺老嗲把素妹、强生喊到跟前，问他俩："搏不搏？"素妹哀怨地看着强生说："听强生的吧。"强生还沉浸在爆款飞的感觉里，他想都没想就答道："手术吧。"晓晓大娘听后露出了微笑，她觉得不虚此行。

之后，强生对魏导说："从现在开始，我们必须 24 小时不间断视频直播，剧务、道具师、策划师等全部出去谈广告，明天植入直播里来，我们的平台在线人数已过 200 万了，已成为商家必争的新媒体平台。其他人三班倒，全部驻守现场，统一由魏导调度安排。"

他们直播贺老嗲在素妹、晓晓大娘的陪同下办理入院手续，贺老嗲去洗手间，贺老嗲睡觉打鼾，贺老嗲吃饭，贺老嗲抽血，贺老嗲换手术服，贺老嗲躺在手术车上进入手术室，每个环节都未落下，非常敬业，非常投入。上一班人困了，下一拨人顶上，大家没一点怨言。

贺老嗲手术开始后，素妹、晓晓大娘、苹果焦急地等在手术室外的休息室，强生忙上忙下地调直播镜头。他们等待着贺老嗲顺利、平安出来。过了5小时，一把刀的助理出来悲痛地宣布，手术因主动脉血管破裂，大出血，贺老嗲不治身亡。素妹一下就从椅子上瘫了下去，跌落在地上，她哭号起来："老头子呀，我的老头子呀，你留下我一个人将来怎么活呀。"苹果紧紧抱住素妹一起哭喊："老爸，老爸。"晓晓大娘站起来画着十字架祈祷，愿上帝保佑……他妈的，一把刀断了我的财路，我跟你们没完！强生用脚乱踢休息室的椅子，大声地谩骂，无比地愤怒，眼里瞬间充满了血，像怒气中的牛眼睛，气鼓鼓的，瞳仁都快掉出来了。

直播视频里变成了哭丧的画面。在线人数直降到不足1万人，流量下来了，不断有人发帖谩骂起来：操，你们家死人发丧，也直播？切切，死人啦？人不死，哪有新生，沙雕，人间不值得……

魏导走过去对强生说："强生节哀吧。"我们可以到医院大门口去直播，给医院施加网络和社会压力呀。强生一下冷静了下来。他说："是呀，马上转场，到医院大门口视频直播。"苹果也加入了强生的队伍，把素妹、晓晓大娘两个伤心的人丢在了休息室。

省医院反应很快，他们在医院门口视频直播还没开始时，医院保卫处、医务处的领导就找到他们，让他们冷静，医院可以考虑赔偿。强生经过谈判，获得了80万的赔偿。

五

强生拿到了医院的赔偿后，他想老爸是死在一把刀的手上，应该还要去找一把刀，要一把刀赔钱。如果不是一把刀手术，他这几天投入视频直播烧的钱就有回报了。他带上直播团队准备去医院找一把刀。在楼下单元口，他遇见了苹果。苹果见强生准备出去，她对强生说："哥，我妈是不是老爸的遗孀？"强生说："什么意思？"苹果说："哥，我不是老爸的亲闺女，我不要分赔偿款，但我老妈是老爸的遗孀，她要分赔偿款。"强生说："休想。"强生说完，就张罗大家急着要走。苹果拦住了他的去路，对他说："不分不行！"苹果对外喊了一声，"来人。"这时，从别的单元口跑出来四个彪形大汉。苹果说："分不分？"强生见状，马上软下来说："苹果妹妹，那个80万，我已用来归还这几天视频直播借的高利贷了，原想这几天烧钱，把快马视频炒起来，流量飞起来，我就借高利贷投入，谁知是这个结果？"苹果说："我不信。"强生说："要不这样，你跟我一起去找一把刀，老爸死在他刀下，他应该要赔钱。这个钱分一半，行吗，好妹妹？"苹果说："我妈只分医院的赔偿款，如果你不肯，那你等法院传票吧。"苹果头也不回地带着彪形大汉走了。强生木木地杵了一会，然后转过身呼号直播团队去省医院，他要去找一把刀。

一把刀下班出来后，他就迎了上去，对一把刀说："一把刀，我父亲是你杀死的，你要赔钱。"

一把刀先是一怔，看到是强生，就对他说："我是医生，做手术是职业所在。手术的风险，我充分跟你们讲了，接受手术是你们自愿的。我救死扶伤怎么成了杀人犯？"

"你能忽略我老爸死在你刀下的事实吗？"

"那是职业使然。"

"既然死在你的刀下，是不是要赔钱？"

"医院已做结论，也赔钱了，你凭什么找我？"

"是你杀的，我当然找你。"

强生一直缠着一把刀，从一把刀科室门口缠到了医院地下停车场，视频直播一直跟拍，把他们的讲话同期播出。网络流量一下就上来了，在线人数超 100 万。

一把刀无奈，他报了警。警察来了，警察提醒他，你这样视频直播已涉嫌侵犯他人的肖像权和隐私了。强生说："我老爸死在他的刀下，他得赔钱。"警察见他俩也没有肢体上的冲突，就把他与一把刀隔开，一把刀趁机脱身开车走了。

第二天一早，他又带着直播团队等在了一把刀科室门口，一把刀一出现，他就视频直播，一把刀走到哪里，他就跟到哪里。一把刀电话报告保卫处，保安过来了，无济于事。一把刀没有办法，次日就开始休假，也许回避一段时间，让事情冷却下来，他就不会来骚扰了。

一周后，一把刀从外地休假回来，刚出电梯，就看到强生的视频直播镜头正对着家门口。他火气一下就上来了。"你在单位吵一下就算了，居然跑到我家门口，影响家人的正常生活。这样没完没了，什么时候是一个头？"他站在电梯口快速思考了一下，转身就顺着楼梯过道往楼上跑。强生见状，以为一把刀要逃了，他就带着大家在后面追。他们一直追到楼顶。他上去时，看到一把刀已爬到了平台的边沿。一把刀对他说："你如果再继续这样不讲道理逼人，我就从这里跳下去算了。"强生不管三七二十一，让视频直播赶快抢时间开通。魏导看了一下视频画面说："要找高一点的位置，拍一个最好的视角。"摄像师发现旁边有一个检修窗台，用力爬了几次没爬上去。强生觉得在一个城市高档公寓楼的屋顶，跟一个外科医生谈赔偿，是一件多么爆款的事件呀。流量一定会飞起来，只要快马视频高流量，高黏性，将来植入更多广告，让快马视频的估值过1000万，让人并购后就可以实现基本的财务自由了。天助我也。机会稍纵即逝。情急之中，他从摄像师手中抢过了摄像机，用力向检修窗台上爬。这时，魏导对他喊："强生，快马视频在线人数过了300万，流量真的飞起来了。"他也瞄了一眼屏幕，跟帖不断，刚好看到素妹发的帖子：我的声明：强生，我曾讲过，我不要一分钱财产，苹果背着我向你分钱，那不是我的意思。我现在声明，不要一分钱。你好自为之。素妹阿姨。忽然，他的眼睛湿润模糊了。他拿着摄像机欲奋力站起来，这时，窗台上的钢架断裂垮塌了，他飞了出去，飞在了城市的空中。

一把刀从平台边沿下来，瘫坐在地上，哭诉着："我只想教训你一下，没想到你这样玩命……"

晒北滩

一

9月16日，岳北终于到达晒北滩。虽是金秋九月，但山里的阳光已短了许多。才下午4点多，河面就阴了。他迫不及待地脱掉鞋子、袜子，裤脚都未挽上，径直冲入了金水河。清凉的河水，一股浓烈的凉意刺激着他，从脚底一直往上钻。这陌生而熟悉的感觉，瞬间涌遍了全身。他弯腰用双手捧起河水，拼命往脸庞浮，像要把脸上的沧桑洗掉。然后，他直起身子，摇了摇已经被河水打湿的头，张口朝渡口使劲喊："晒北滩——晒北滩——晒北滩——"一阵阵回声，贴着河面，飘过山岗，引来了阵阵松涛轻唱。他喊着喊着，就哭了起来。

40年，是的，40年了，岳北又回到了晒北滩，又踏入了金水河。

随后，他四处张望，努力搜寻刻在骨子里的记忆与流失的青葱岁月。

山，还是那座山，阳明山。

河，还是那条河，金水河。

滩，还是那个滩，晒北滩。

金水河顺着阳明山群麓，出山谷，破沟壁，弯弯绕绕，一路向北。在鬼崽峡谷转了个大弯之后，袒露出一大片开阔之地，河水平缓起来，如平湖一般。太阳从山上照耀下来，河水反光，照得山上密集的杉树、松树、楠木树影婆娑，树叶像银片一样，荡漾起伏。常有掏心掏肺的"嗬嗬"吆喝声箭一般地穿过山谷，越过山岗，回声里伴随着布谷、野鸡、甚至麂子放肆而随意的叫声。

拐弯下来的河水，清幽碧绿。只有每年涨桃花汛时，才会咆哮几天，并常常把山山岭岭的残枝败叶冲洗下来，也把山上的泥沙冲刷下来，长年累月就形成了滩涂，因了向北的金水河，所以就叫晒北滩。

人们利用平缓的河面和滩涂，开了渡口，渡船摆来摆去，日子长了，又短了。渡口又叫晒北滩。

离渡口 50 米的山坡上，有五六十户人家，依山傍水，靠山吃山，在这里生生息息。村庄也叫晒北滩，后来成建制转入金岭林场，成为金岭林场晒北滩分场。

不管说哪处，反正就是晒北滩，有点霸蛮的味道。但当地人都知道。

二

公司股票在深交所上市挂牌敲钟，邀请了很多省市领导、客户代表出席，公司的中高层全部参加。敲钟时，大家都不约而同把目光聚集在公司的控股股东、灵魂人物岳北身上，所有的掌声，所有的鲜花全都献给了他。岳北坚定地敲下一锤，公司股票代码、公司名称和开盘价就在巨大的电子显示屏上红彤彤地跳了出来，公司股票开盘就直接涨停了。岳北一手创业、打拼了十几年的公司终于如愿以偿地登上了资本市场。他的身价过了 10 亿。当日会有各种媒体铺天盖地报道这一喜讯。他成了长沙又一位财富精英。

岳北听到敲响的钟声像当年知青出工时的叮当打铃声，那声音像松针突然迅猛地扎了他一下。然后他看到了一张姑娘的笑脸，笑脸左眉边有颗美人痣，右嘴角有颗美人痣，等他想再仔细辨认清楚时，笑脸却消失了。他在出席挂牌仪式的人群里找了几圈再没找到。他感到莫名其妙，心"咯噔"愣怔了几下。

挂牌仪式结束当晚回到长沙。睡觉时，岳北翻来覆去睡不着，那个笑脸在他脑海里飞翔，有时在云朵上，有时在河水里，有时模糊，有时清晰。他妻子以为他还沉浸在公司股票上市的兴奋中。妻子劝他别想多了，安心睡吧。他说："你不懂。"他在反复转侧中做了一个决定，于是起身到书房拿起便笺写了下来。次日上班，他把人力资源部部长朱红叫到办公室，把昨晚写好的便笺条递给她。

朱红低头看了一下，不解地问："老板，小陈怎么了？"

岳北只轻声回答："去吧，要求一周到位。"接着，就低头处理文件了。

朱红很纳闷。小陈是老板三年前亲自在师大面试招来的新闻硕士，身高一米七二，近乎模特的身高，比老板还高3厘米，气质超凡，能写一手好文章，整理会议记录、新闻报道、商务软文都已无可挑剔，喝酒能喝七两老白干，嗨歌时能飙到升G，哪个方面关键时都能冲出去帮老板挡驾。老板出去应酬接待，不管是领导，还是客户，没有不羡慕老板的，都说岳老板养了一只金孔雀。小陈还特别严谨细致，安排老板活动可以精确到分钟，三年没有出现任何差错，早晨几点几分提醒老板吃药，几点几分会见哪个客人，出差时几点几分让司机到老板楼下等待，基本分秒不差。这样的秘书说是精品，还不如说是妖精，成精了。岳老板一般不在外夸下属的，去年都忍不住在客户面前夸了几次。去年底公司年度考评，他亲自跟朱红说，对小陈年度考评定为优秀，年底加发双薪，外加涨一级工资。元旦过后，朱红跟他汇报过，可否考虑让小陈转岗提拔，他说："这个岗位也可以享受中层职级待遇嘛。"

朱红回到工位，呆呆地坐在那里使劲想，没有想出一个由头。她拿着岳北给的便笺，在桌上横竖摆弄了一阵，怎么也揣摩不清，老板就这个条件？岳北在便笺上只写着：左眉边长颗美人痣，右嘴角长颗美人痣的女生。

　　第二天下班时，岳北打电话问朱红人选有眉目吗？朱红告诉他，昨天上午已在网上挂出招聘公告，现在还没收到简历。他有点不快，没等朱红话音落下就放下话筒，朱红的耳朵被震得嗡嗡直响。第四天上午，岳北直接把朱红叫到办公室询问："还没人选？"朱红看到岳北不是在过问工作进度，而是在质问工作延误，他的脸上已有怒色。朱红近年来已很久不见老板这么着急上火了，她不敢抬头看他，只轻轻地回复："老板，你不是说一周到位吗？"

　　"那好吧，再给你几天，如果招不到就拿辞职报告来见我。"岳北声音依然很轻，却落得很重。

　　朱红感觉到了前所未有的压力。但她至今没能理解老板怎么这么急切。她已负责人力资源部快五年了，手里进出的各类人才至少有百人，没有哪次像这次一样。她让招聘专员再盯着几家合作的网络招聘公司，把招聘信息挂到各网站首页显目的位置，然后又亲自打电话给几家合作的猎头公司，希望借助猎头公司的力量。她必须广泛撒网，尽管只有两颗美人痣的条件，可是符合条件的人选，确实是稀有资源。到了第五天，她约了 10 个人来面试，要么只有左眉边长美人痣，要么只有右嘴角长美人痣，两个地方长美人痣的一个也没有。她感到十分无助，在工位上苦闷发呆，一时无解。突然，她好像开了窍，也许解铃还须系铃人。她马上给小陈打内线电话，说："今天下班老板走后，请到我这来一下。"

　　下班后，朱红问小陈："最近工作是否顺利？"

小陈说："蛮好呀，老板没批评过。"

"老板最近有什么异样？"朱红期待的眼光望着小陈。

"没有呀，每天就是不停地开各类会议和会见客人。"

"那老板怎么从深圳回来后，提出换你呢？"朱红忍不住把老板要换她的信息告诉了小陈。说完后，还把岳北写的便笺拿给她看。

小陈看后，脸一下就白了，老板都要换她了，她还蒙在鼓里。她一直认真、敬业地努力工作，对公司、对老板忠诚度都很高，绝无二心。她急切地问朱红："怎么就我蒙在鼓里？朱姐，还有什么补救措施吗？"

朱红故弄玄虚、意味深长地说："那看你采取什么补救措施吧。"

次日中午，岳北在食堂简单吃了中饭回休息室休息。他推开门，看到赤身裸体的小陈正四仰八叉地躺在床上。岳北慌乱地退了出去，马上把门用力关上。然后，隔门对她大声呵斥："你想干什么？想干什么？赶快把衣服穿上，给我滚，滚——"他说完，就气冲冲地走了。

上班时，岳北回到办公室，看到了小陈留在大班公桌上的辞职信，小陈不辞而别了。

朱红觉得事态已很严重，就把这个事情跟总裁汇报。总裁问她："你是不是有什么工作没让老板满意？他想利用这个事情有意为难你，好让你换岗或离职？"她摇头。总裁也未能找到挽救她的良方。一周时间到了，她只好带着辞职报告去见岳北。岳北拿着她的辞职报告，直接签字同意。岳北签完字后，把分管人力的副总裁张锋喊过去，让他兼任人力资源部部长，同时把招聘秘书的事情交代给了他。岳北说："可以像导演选演员一样，花点费用也没关系，比如在省内的主要媒体、互联网招聘公司、高校发招聘广告，也可以找猎头公司、甚至演员的经纪公司呀。"

张锋觉得岳北变了，公司股票挂牌上市后变的，不知道岳北脑袋哪根筋搭错了，变得这样执迷不悟，变得这样油盐不进。他费了很大功夫折腾了近一个月，还是没有找到满足条件的女生。最后，张锋出于无奈，就给岳北建议，是否可以考虑招聘两个，一个左眉边长美人痣，另一个右嘴角长美人痣。岳北退而求其次，答应了张锋这个过渡方案，但他要亲自面试。张锋是岳北创业以来一直跟着打天下的干将，自以为懂岳北。他根据自己的理解分别找了几个给岳北面试。首先面试眉心长痣的。他把一个身高 170 厘米、已在几个电视剧里出过镜的女生推荐给岳北，岳北就看了一眼，一个问题都没问，直接就把她退了。接着，他又推荐一个音乐学院的声乐硕士，在省青歌赛中获得过优秀奖。岳北同样没有问姑娘一个问题，也把她退了。后来，岳北直接跟他说："我要找左眉边长美人痣、右嘴角长美人痣的女生。"如此反复了七八次，最终，招聘了两个作为过渡人选，一个左眉边长美人痣的秘书，一个右嘴角长美人痣的秘书。两秘书到岗后，岳北不予分工，两人做同样的工作，他安排工作就让两人坐大班桌对面，列席会议时也让她俩坐在会议桌对面。有一次，只有一个秘书列席会议，另一个办其他急事去了，他特别焦躁，有点坐立不安，于是，他让会议组织者推迟会议，等另一个到后才开始。

这样的时间一长，公司上下就有各种说法，有的说老板公司上市了，身价变了，开始迷恋声色了；有的说老板无心事业了，船到码头车到站，公司业绩会下滑；有的说老板开始讲排场了，秘书都要配两个，等等，凡此种种。自然这些话也传到了岳北妻子的耳朵里。一天晚饭后，他妻子跟他说起这个事情，他很不耐烦地说："你不懂，少干政。"他妻子只能悻悻地坐到电视机前追剧去了。

岳北又开始回归常态，忙于公司开会，商务谈判，团队建设，战略规划，喝酒应酬。可是，不到一个月，又出了状况。他是在两个美人痣秘书坐在他大班桌对面安排工作时开始的。两个秘书坐下来，他左看一眼左眉边长美人痣的秘书，右看一眼右嘴角长美人痣的秘书，左看右看，连看了三眼，他发现这个画面不对呀，怎么也不协调，没有那个斜对称的美。那时他一句话都无法说出，满脑子欲安排的工作全都忘了。他用手敲自己的脑袋，努力让自己想起来，可是怎么也想不起，就那样干坐了一刻钟。两个秘书在对面不解地看他。他很尴尬，一张老脸都弄红了。最后，他挥了挥手，让她俩先退出去。

两秘书退出去后，他的眼前又有那张笑脸在飞，耳边好像响起打铃声，模糊，缥缈。他努力镇定下来，然后自言自语说："晒北滩？晒北滩！"于是，他翻看桌上的台历，从5月一直往后翻，翻到9月16日时，就停在了那里。

三

那应该是初夏的五月，初二第二个学期未结束，岳北与同年级的一百多同学就被下放到金岭林场当知青。金岭林场离市区有200多公里。学校革委会安排两辆卡车把他们送到了金岭林场场部。大家密密麻麻挤在两辆卡车里，居然一点离别的伤感都没有，反而像一群麻雀，叽叽喳喳，似乎不上学，不去喊高音喇叭，不再到学校、街头贴大字报是一种解脱。一路上大家还自发唱起了《大海航行靠舵手》《挑担茶叶上北京》等歌曲。汽车走了近4个小时，他们唱了近4个小时。

到达金岭林场场部后，被分成了6个排，每个排20人。岳北被分在6排，6排又被往下分到晒北滩分场。分排结束后，一位中年壮汉拿着铁喇叭盂喊："晒北滩的，晒北滩的，站到这边来。"岳北背着背包、提着棉被站在了他面前。五月天了，中年壮汉穿一件褪色泛黄的厚军上衣，一双布鞋，裤脚卷起，一个高，一个低。万丽丽看到后就转过身捂着嘴笑。中年壮汉说："莫笑早了，哭的日子还在后头。"这时，岳北发现，张魁、万丽丽、郭晓峰等十二个同学分在一个排。他们围在中年壮汉的四周。中年壮汉大声说："别围着像看猴子把戏，分两队站。"然后，他喊口令："立正，稍息，向前看"。他比学校的体育老师还熟练口令。大家站好人列，他开始点名，念到张魁时，他念成了"张鬼"，"张鬼，张鬼，张鬼到了没有？"张魁走出队列说："报告，我叫张魁，不是张鬼。"大家大声笑了出来。中年壮汉说："笑什么？笑什么？不管张魁也好，张鬼也好，都是我的小鬼。从现在开始，接受我的领导，接受我们的再教育。"他点完名后又对大家说："我是晒北滩分场的刘支书，晒北滩分场离场部有18公里。今天来场部接了你们，你们就是我们分场的知青了。你们从市里坐卡车来，对不起，我们分场只有牛车，没有卡车，所以，今天我们就坐11号车回去。大家听到了吗？"

"妈呀，不走断脚呀？"队列里有女生惊喊。

刘支书往队列里循声看了几眼，说："哪个胆子这么大？敢插嘴？"然后他又对大家说："你们是下乡来接受劳动再教育的，不要还是城里的大小姐、公子哥样资产阶级习气，就是要治治你们这个脾气。"

其实，对岳北来说，他有如释重负的感觉，心一下反而松了。因为他不再在学校里看到他父母被戴着高帽子，站在台上被人批斗的惨状。他父母分别是四中的高中数学、英语老师，父亲因为直性子，爱仗义执言，被划成了"右派"，母亲也受到了连累。他下放了，不再看那让他揪心的场面，只能在心里祈祷父母平安无事。

夜里八点，队伍艰难地走到晒北滩。一个姑娘点着松脂油灯等在渡口，她身边还有两木桶水。她见知青们从渡船上下来，就喊大家歇一歇，喝口井水。大家争着去喝水，渴极了。喝完水后，大家的身子骨像散了架，有的坐在地上，有几个女生甚至倒在行李上躺着。刘支书看到溃不成军的样子，又大声吼起来：

晒北滩／

"起来，起来，还没到你们的窝呢。"于是，他对姑娘说："萍萍，你在前面带路。"姑娘拿起一根松树枝点起来，同时分发了几根给男生，让男生也点燃拿着，松脂"啪啪啪"地燃烧，火光照亮了前行的路。岳北在朦胧的光线里，看到姑娘年纪跟他们相仿，瘦高的个子，留着马尾巴的长发被晚风吹着，不时飘起来。安顿下来后，姑娘给每个队员发了两个煮红薯，还说如果喝酸菜汤的话，可以到门口的大锅里自己添。岳北在姑娘递红薯时，隐约看见姑娘的左眉边、右嘴角分别长了颗美人痣。他在心里莫名地惊叹，暗暗说这对称的美。张魁那会儿凑热闹地挤过来，故意问："酸菜汤在哪里，妹子？"这是岳北第一次见到她。后来他知道，姑娘名叫刘萍，刘支书的独生女。

　　同学们随林农白天植树、种高粱、苞谷，晚上学习毛主席语录，写决心书。刘支书隔三岔五过来检查。不知道是念在大家年纪尚小或者什么其他缘故，他没让知青们去做很苦、很重的力气活，倒是知青们常给自己出一些难题。一个夜晚，林园和李飞饿得不行了，跑到人家自留地偷生豆角吃，谁知吃多了，半夜就开始拉肚子，第二天变成痢疾。两人到赤脚医生那里拿止泻药，赤脚医生说："山里生东西尽量少吃，有的吃多了也要命的。"那以后，大家小心了很多。还有大家可能都处在荷尔蒙的爆发期，对异性充满了好奇、渴望，很多人都弥漫着欲望之火，点燃了就止不住。姜彗每天就围着万丽丽转，转了三个月，转得两人在一个晚上跑到渡船上，痛苦地抱着要跳金水河。原来万丽丽怀孕了，两人不知怎么办。那晚刚好碰到刘支书从场部开会回去，被

077

他发现了。这可是他知青点出的丑事，如果传出去，这两个孩子会被场部的民兵捆起来游遍整个金岭林场，以后还怎么活？刘支书把他俩带回家，让刘萍陪着万丽丽。第二天蒙蒙亮，他让老婆带着万丽丽，拿上一只老母鸡，告诉老婆把老母鸡送给场部卫生院张院长，跟他说是女儿刘萍不小心怀了个孽种，以刘萍的名义悄悄做了人流。

没过两年，有的同学以生病、照顾父母、招工等各种原因开始陆续回城了，知青点只剩下岳北和张魁。岳北的父母被打成"右派"后，又分别被判了五年刑，在牢里服刑，没有亲人管他，他自己也不争取，反正回城了也是一个人，不如就待在这里。张魁跟他同病相怜，似乎还要惨些，他的父母原是柴油机厂的总工程师和技术员，被作为"特务"判了12年和8年。刘支书也不常到知青点来，岳北和张魁成了被遗忘的人。岳北爱读书，他基本上就泡在书里。他离家时，匆匆从父母的书柜里带了几本书，有《高中数学》《英语》《青春之歌》等几本，几本书已被他翻得面目全非，他还用《青春之歌》跟万丽丽交换了《钢铁是怎样炼成的》看。这几年，张魁野蛮生长，已是近一米八的大男人了。他闲来无事，白天去林子里捉鸟、打野兔子改善生活，晚上就常去刘支书家蹭新闻，问什么时候可以回城。他把摸回的信息，什么招工进城的政策、当兵的信息、推荐上大学的信息，一顿胡乱地讲给岳北听。岳北早就怕了他。因为有一次不知道他在哪个家里喝了酒回来，兴冲冲地拿着女人的胸罩递到他鼻子边让他闻，让他觉得丑死了。一天晚上，张魁吹着口哨从刘支书家回来，对岳北说："岳北，我们有机会走了，听说要打越南了，要征兵了。"岳北听后，兴奋得跳了起来，说："好呀，当兵打战，我最愿意。"但他一下就冷静了下来，反问道："政审能过吗？"张魁说："现在政审没那么严了，关键只有一个指标，我俩只能走一个。"张魁面露难色，岳北也沉默下来了。他知道张魁一直在刘支书家走动，就是希望有朝一日刘支书能帮他。但张魁却表现出男子汉气概，说：'岳北，我俩也是难兄难弟，我们不搞阴的，搞一次公平竞争，可不可以？"岳北不解地看着他说："算了吧，你都心里有底了，还来怜悯我干吗？"

"你看这样可以不？刘支书女儿刘萍，我们公认的晒北滩美女，眉心、嘴角都长了美人痣，她的乳房肯定也长了，我在一本书上看到的，如果你能去证实这个事情，我就退出这次竞争，你去当兵。到部队后，说不定考军校提干，将来当大将军。"张魁说。

其实，张魁说当兵的事情，并没有让岳北真正心动，而他说能到部队考军校提干，让岳北真心期待了，他最大的愿望就是当将军。既然张魁这么说了，他的欲望之火又被激发了。于是，他问张魁："怎么个竞争法？"

张魁说："谁先证实了刘萍乳房上也长了美人痣，谁就赢，另一个就必须放弃。"

"你经常到刘支书家，你熟，说不定你跟刘萍在谈恋爱，如果这样的话，那我要行动在前。"

"一言为定？"

"一言为定。"

张魁跟岳北说完后，就躺床上打起了呼噜。岳北辗转着，无论如何也睡不着，他眼前老飘着诱人的、威武的军衣军帽，军帽上的五角星闪闪发光，像天上的星星，充满了巨大的诱惑。于是，他悄悄爬起来，想趁夜色摸进刘支书家，偷看刘萍乳房上是否长了美人痣。

刘支书家的大门是木门，门闩只一根木栓，岳北轻轻地用小刀撬开了。他潜入了进去。刘萍的房门没闩，他又轻轻地推开进去了。这时，张魁在刘支书家门外一边敲门，一边喊："刘支书，刘支书，你们家进小偷了。"刘支书和他老婆都被惊起，慌忙点上松油灯，把岳北从刘萍房里捉了出来。

岳北被刘支书绑了，关进了分场场部。民兵营长带着几个民兵连夜审问："你上支书家究竟是想谋财害命还是想趁机劫色？"

他如实坦白："我跟张魁打赌，谁先看到刘萍乳房是否长了美人痣，谁就这次报名去当兵。"

"荒唐，混账，色胆包天，刘支书的女崽都敢动？明天就移送到总场场部法院，把你毙了。"民兵营长用手指着他大骂。

岳北绝望极了，他平时都胆小如鼠，这一次怎么被鬼迷心窍，这把赌大了，把命都赌掉了。他哭起来，十分懊悔地大哭起来。

不一会，分场场部大门被一个女声叫开了。刘萍来了。她生气地对民兵营长说："林叔，你们把岳北怎么样了？岳北喜欢我，他要跟我谈恋爱，是我喊他在我屋里的。你们放了他。"她说完后，就走到岳北的身边，伸手去解他身上的绳子。

岳北十分震惊。你不能撒谎呀，你不能拿自己的婚事、名誉开天大的玩笑呀。岳北一身发抖，他不配合刘萍解绳子，使劲挣扎着慢慢将身子移到了墙角。他抖动的双眼摇晃地看到，刘萍两个斜对称的美人痣暗暗发光。他发现了刘萍真正美的地方。

民兵营长很惊讶，不知道刘萍在演哪一出戏。不管刘萍怎么跟他死缠烂打，就是不攻人。最后，刘萍嗷嗷大哭起来说："林叔，你如果不放他，那你也把我一起捆了算了，要死，我跟他一起死。"民兵营长无奈，只好把岳北放了。

岳北与刘萍一前一后走出了分场场部。岳北低着头在前面急急地走，刘萍在后面紧跟慢跟，但还是落下一段距离。刘萍在后面喊："哎，你跑那么快，干吗？怕我吃了你？"岳北慢下脚步，依然低着头，不敢看她。刘萍又问："你偷偷跑进我房间，究竟想干什么？"岳北的脸一下变得赤红了，一直红透整个脖子，他羞愧懊悔极了。刘萍在夜色里看不清。

"是不是还想进场部？"刘萍继续问。

岳北的头更低了，像斗败的雄鸡。无论刘萍怎么问他，他都没说，他无法启齿呀。刘萍也没有办法，然后又气呼呼地说："你知道吗？张魁连夜去总场场部报名当兵去了。"岳北才明白，自己作为张魁唯一的竞争对手被他陷害了。但能怪人家吗？

不到半个月，张魁被征兵走了，知青点就只剩下岳北一个了。刘萍经过那件事情后，反而常从家里拿些报纸送给岳北，让他知道一些国家的政策和动态。岳北经过一段时间的调整，平静了很多，也开朗了许多。不久，场部分来一台拖拉机，刘萍怂恿刘支书让岳北学驾驶。岳北学了两天，就麻溜地开着拖拉机拉着木材进出渡口了，成为分场第一个拖拉机手。他特别兴奋。那天下午收工后，刘萍喊他去她家吃晚饭。他停好拖拉机，丢掉帆布手套就去了。刘支书刚好也在家。刘萍母亲忙着在灶台炒菜。刘萍在桌上摆了三个饭碗，倒了三碗酒。上一个菜后，她就喊岳北、刘支书开始喝。岳北为上次夜里的事情，心里正七上八下打鼓，局促不安地坐在那里。刘萍喊喝酒，他才回过神来。但他从没喝过酒，不敢端碗喝。刘萍端起碗对他说："不要把我父亲当老虎，他是菩萨心肠。喝点我们这里的压酒，胆子就大了。我们这里的压酒是用上好的米酒倒在糯米酒糟里泡制出来的，很甜的，你试试。"刘支书也鼓励他喝一点。他端起碗，分别跟刘支书、刘萍碰杯，喝了一口，感觉酒甜甜的，腻腻的，但有点辣喉，一直从喉咙里往下钻。刘萍一直盯着他，他喝下第一口后，一个劲地夸："厉害，厉害。"岳北在刘萍和刘支书的鼓励下，麻着胆子把那碗酒干掉了，但也醉了，坐在桌上就开始呕了。刘支书让刘萍送他回知青点。半路经过水井时，刘萍让他休息一下，喝点井水解酒。岳北走到水井边，用手捧了几大口叽里咕噜一顿猛喝，还用井水洗了一把脸，感觉清醒不少。喝水时，他看到星星在水井里跳跃、摇晃，刘萍的两个美人痣在水井里跳跃、摇晃。他俩坐在井边的大樟树下，如水的月光透过树叶照下来，稀稀疏疏，不停闪烁。他俩枯坐着，没有说话，只听到山风吹得樟树叶沙沙响。过了一会，刘萍问他："你上次跑进我房间究竟想干什么?"岳北脑袋涨大了,没想到她还在提那件事情。他看了看她,把目光移到远处银色朦胧的山岗,没有回答。刘萍接着说:"你不说,我也知道,我从林叔那里知道的,你想偷看我,是不是?"岳北低下了头,还是没回答。刘萍更大声地说:"你想看,好吧,给你看看到底有没有美人痣。"她哗啦一下就把上衣解开了,露出一对纯白的乳房,比月色更白,更美。岳北站起来就跑了,跟跟跄跄消失在月色里。

刘萍婶娘发现了这个秘密。她找到刘支书说:"把那奶崽招上门算哒。"刘支书只抽烟,抽得烟雾缭绕,她不明白他的态度。但她不管那么多,径直到了知青点,找到岳北说这门婚事。当天晚上出夜工,岳北趁运河沙时把拖拉机开进了金水河。那时,刘萍正在河里洗衣服,她跳进河里游到河中间,拼命把岳北拖上了岸。拖拉机冲到河中散了架,岳北的头被撞破了一个口子,出了血,左脚大腿骨折。赤脚医生做了简单包扎后,几个民兵用担架连夜把他抬到了总场医院。岳北住了一个月院又回到晒北滩养伤。他骨折满一百天那天,刘萍拿了一张回城证和一份《人民日报》,对他说:"你终于可以走了,这张报纸上说,国家准备恢复高考了,你自己看看,也许对你有用。"那天是1978年9月16日。岳北跛着受伤的左脚,拿着回城证逃离了晒北滩。

四

岳北选定时间后,一直悄悄地做临行准备。出发前一周,几乎每天开会研究工作，从早到晚，他要把所有工作安排好，该签字的签字，该批的报告批复。出发前一天，分别跟总裁、妻子做了交代，说要去终南山辟谷静养一段时间，手机不会开机，也不会与外界联系，并让他俩保密，不要跟外人说。他怕人们想多了，传出错误的讯息，在公司上下引起不必要的传闻，更怕不良媒体知道了，一通瞎报道，引起公司股价波动。

出发时，他没让司机送，而是自己打车去高铁站，坐高铁去衡州，再从衡州坐大巴到金岭林场。到达金岭林场场部已是下午2点。一出站，就有很多人走上来询问去哪里，也有人问去不去晒北滩。他没有回答，他早就决定了要像当年一样走到晒北滩。

岳北一边走，一边看。路已不是当年尘土飞扬、弯弯绕绕的土马路了，修了两车道宽的水泥路，汽车、摩托、电动车时来时往，很少有行人。几朵白云挂在山顶上，缥缥缈缈，杉树、松树茂密葱茏，有些刚砍下来未被运走的杉树倒在沟壑中，有的被剥了皮，露着白白的树干，布谷鸟清脆的叫声在山谷里飘荡，湿润的山风吹得他神清气爽。他一身轻松，步履轻盈，真是步入世外桃源。整个里程比原来18公里近了3公里多，不到15公里的路途，岳北两个小时就到达晒北滩了。于是，他迫不及待地扑进了久别的金水河。

岳北在金水河里放肆了半个小时，上了岸，然后沿着渡口进分场。他不停地张望，不停地搜寻，不停地回忆。分场在哪里？知青点在哪里？知青林在哪里？刘支书屋在哪里？刘支书还在吗？刘萍嫁到哪里？他有太多太多想要知道的问题。四十年，仿佛梦一场。岳北当年从晒北滩回到市里，并没有赶上当年的高考，而是参加了两年高考补习班，1980 年考上湖南大学，大学毕业进入省政府机关，1992 年邓小平"南巡讲话"后，下海经商。其间虽然有曲折，有故事，有沧桑，但还算顺顺利利，事业不断发达。岳北缓慢地走到分场入口，看到一个很大的路牌竖立着，上面写着："晒北滩居委会由此去"。哦，已改成城市化的居委会了？如果城市化了，也应该是离城区最远的居委会吧？顺着路牌往里走，不远处有一个小停车场，原来的巷道加铺了很多麻石，非常整洁干净，还有些三四层的楼房错落有致，外墙贴了红色、米黄色和白色的瓷砖，依着金水河，靠着山岭，已是一幅山水画。但是，原来很多老房子没了，很多东西已无痕迹了，知青点的房子被风吹雨淋得东倒西歪，孤零零地趴在山坡上，岳北有些伤感。转了一圈后，他在挂着"晒北滩知青民宿"的宾馆前停下，"知青"两字，让他顿时觉得分外亲切，他走了进去。一位大姐正坐在那里悠闲地看着韩剧，见有人进来了，用诧异而又惊喜的目光看着他："要住店？"

"是的。"

"住多久？"

"暂定一周吧。"

"是来度假？我们这里夏天有很多你们城里人来躲凉。"

"我来躲秋燥，秋燥得心烦。"

"呵呵，你们城里人金贵。现在淡季，给你打五折吧，50 元一晚，如果搭餐，加 20 元就好了。"

"不要你打折，可好？"

"老板，你再有钱，我也不要，坏了我们晒北滩的行规。"

岳北觉得奇怪，但他看到大姐说得很坚决，就接着说："好吧，按你们的行规，不过我要搭餐。"岳北拿出 1000 元现金交押金。大姐一边收钱，一边说："呵呵，还真土豪呀，带这么多现金，我可好久没收到现金了，我们一般用微信或支付宝收钱。你们城里人过来玩一般也不带现金了。"

"大姐过奖了，我只晓得用现金，不晓得耍微信和支付宝。"岳北故意说。他觉得这个离市区最远的居委会的确比原来变多了，变得他无法想象，无法相信，完全颠覆了他的记忆。

岳北进房间后，和衣躺一会儿就睡着了，毕竟走了近 15 公里路，还是感到了疲倦。6 点时，房间的电话声把他吵醒，大姐喊他下去吃饭了。他以为会与大姐一家人围个桌子一起吃饭，如果跟他一家子吃饭，他也不会介意，正好可以从侧面多问些情况。他想。走到餐厅时，才发现给他单独炒的菜，有辣椒炒腊肉、油焖烟笋和炒南瓜花。大姐热情地对他说："菜都是我们自己做的、种的，你放心吃。"

岳北津津有味地吃起来。他已很多年晚餐不怎么吃主食了，如果不外出接待陪客应酬，晚餐在家只吃点蔬菜、水果。他一边吃，一边跟大姐聊天，他发现大姐真是一个健谈、热心的人。

"大姐，你是本地人吧？"

"是呀，我是 1980 年嫁到这里来的，30 多年了。"

"你们这里原来拖拉机多吧？有没有旧拖拉机卖？"

"老板，你做古董生意的？"

"想收点旧货。"

"原来场部集体有几台拖拉机，不过分山到户后，原来集体的东西都卖光了。不过，有个人家里还有一台，听说有人出高价买的，她一直不肯卖。"

"哪个呀？"

"萍姐。"

岳北听到"萍姐"两个字，身子一下坐直起来，放下了手里的筷子。然后，急切地问："什么名字？"

"好像叫刘萍吧，我们平时都喊她萍姐。她可是一个蛮造孽的人，我嫁过来时听人讲，她喜欢一个下放知青，让她婶娘去做媒，哪晓得那个知青又不喜欢她，她就强行跟他好，逼得那个知青开着场部的拖拉机到河里自杀。那个知青救上来后，就回城了。她父亲招郎了一个退伍军人。她跟退伍军人结婚后，一直不肯跟汉子同房，一直没生养。她汉子爱喝酒，喝完后就打她，把她打得死去活来的，但她从不还手。他汉子后来醉酒死了。之后，很多人给她做介绍，她都回绝了。她屋门口摆着那个拖拉机，听说就是那个知青开着去河里自杀那台。你明天自己去问吧。不过，最近她好像得了偏头痛，一直躺在床上，他叔叔的孙女在照顾她。"

岳北听着，泪水层然滚上了老脸，他立即拿纸巾悄悄擦掉。

大姐发现后，以为菜太辣了，忙问："太辣了吧？"

岳北强忍着说："还好，还好。"他又拿起筷子，想多吃几口，但再也没了胃口。他放下筷子，对大姐说："真是个造孽的人。你明天上午可以帮我去问一下吗？"他不敢直接面对，想让大姐先去探探口风。

大姐满口应承了下来，说："明天一早就帮你去问。"

凌晨3点多，岳北就醒了，脑子里像放电影一样，当年在晒北滩的日日夜夜，纷纷扰扰，一帧一帧地出现在眼前。同时，他又想象刘萍这40年的生活和命运。蓦然间，唏嘘填满了枕头。他不断地问自己，这次是来赎罪还是还债？是来拯救还是回报？他回答不出来，心里五味杂陈。他想打开手机，想看看一天了，会有谁打电话找他。现在是凌晨，也不用担心开机时谁会打进来。他起床从背包里拿出手机，靠在床头，犹豫了很久，终究没打开。自己对人家真有那么重要？他放下手机，又躺了下去。

七点半，他下楼吃早餐，看见大姐脸上已没昨晚的笑容。大姐对他说："刚才去萍姐那里问了，她不卖，出再多的钱也不卖，她还说不是钱的问题。我也搞不清。"岳北很惊讶，病痛这么折磨，生活这么困苦，不卖钱治病、改善生活，留着那堆废铜烂铁干吗？昨天听大姐说以为是故事，今天验证应是事实。同时，他也在想自己该以一个什么样的形象出现？难道就只是买卖关系？他觉得心里有点隐隐的痛。但他故作轻松地对大姐说："没事，不卖也没关系。"

吃过早餐，他背着背包，假装出去观光。根据记忆，找到了刘萍家。他远远就看见了她家门口堆着四散的拖拉机，锈迹斑斑，四个轮胎像逝去的岁月东倒西歪地散乱在一边。房子还是原来的水砖瓦屋，没有翻新过。一位不到十八岁的姑娘蹲在门口洗小菜。他走近姑娘问："这是刘支书家吧?"姑娘用诧异的眼光打量他，说："找刘支书? 他早上天了。"

"不，不，我找刘萍，"岳北慌忙回答。

"你是我姑姑什么人? 她还没起床。"

"请你告诉她，我叫岳北，她认得的。"

姑娘进屋过了好一会出来说："姑姑说，她不认识你，让你走。"

岳北没想到刘萍会不记得他了，难道生病把脑子搞糊涂了? 他不甘心，又对姑娘说："请你告诉她，我是 40 年前那个叫岳北的下放知青，她肯定能记得起来的。"

姑娘更加觉得奇怪，很不情愿地再进去。不到一分钟，姑娘就出来了，再次告诉他："姑姑说，她真的不认识你，让你快点走。"

岳北终于明白了，应该是刘萍不愿见他。于是，他想从姑娘这里打开口子。他单刀直入地对姑娘说："我见你姑姑，就是想买这废拖拉机。50 万，怎么样?"

"多少?"姑娘以为听错了，不相信地反问他。

岳北以为姑娘心动了，再次强调："50 万。"

姑娘听后马上跑进屋里，好一阵才耷拉着脑袋出来，丧气地说："姑姑不卖。"

岳北就跟姑娘小声商量说："我在这里等着你姑姑起床，等她起来了，你让我亲自跟她说，她一定会同意的。"姑娘点头同意。

过了大约半个小时，刘萍起床了。姑娘告诉他："姑姑起床了，她半躺着靠在床头。你进去不能太久，那样她会很疲惫、难受的。"

岳北朝她点了一下头，未经刘萍同意，随姑娘强行走进了她房间。还是40年前那间房子。刘萍靠着床头半躺着，闭着眼睛。岳北一眼就看到了那对斜对称的美人痣，左眉边一个，右嘴角一个，尽管刘萍病恹恹的，可这两个美人痣依然有光。他快速走到刘萍的床头，对她说："我是岳北，从长沙特意过来看你，没想到你病得这么严重，生活这么苦。"

刘萍听后很慌乱，马上又睡下，很快钻进了被窝，用被子蒙住了头。

岳北站在床边继续说："我现在有一家上市公司，有些能力来帮助你。我马上联系湘雅医院，把你送到那里去治疗。"岳北不停地说了10分钟。刘萍一直用被子捂住全身，但可以看到整条被子一直在不停地抖动。姑娘在旁听着，看到被子越抖越厉害了，就催促岳北赶快走。她对岳北说："你走吧，不要打扰姑姑了。"岳北不愿走，木木地站在床边。这时，刘萍掀开了被子，把头露了出来，缓慢地睁开眼睛，看了一眼岳北，嘴巴张了几下，欲言又止。岳北以为她同意了，往床边靠近了一点。刘萍终于一个字、一个字艰难地说："你走吧，出多少钱也不卖。"她说完又闭上眼睛，好像这句话耗尽了全身的力气，让她疲惫不堪。但岳北看到她眼角湿了，也许这是她藏了一辈子的痛。岳北还不死心，接着说："那时，年少不懂事，太想离开这里，太想改变自己，做了出格的事情，现在心里全是愧疚。来之前，你的笑容老在我眼前、脑海里晃，也许是压在心底的愧疚太久造成的。"岳北话还未落音，刘萍突然激动起来，两只手不停地扯被子，吃力地说："不要说了，您走。我不需要你可怜。"姑娘见状，就上去用手按住她的两个太阳穴使劲揉，她才平静一些。岳北见她平静一些了，又接着说："为了这次成行，我内心挣扎了很久，也准备了很久，不来的话，它就像一个藏在心里的恶魔，用刀在不停地划，用手不停地揪。"这时，刘萍睁大了双眼，满脸怒气地说："你以为有钱就可以买到一切？"岳北见刘萍越来越激动了，就想先离开，等她慢慢想一下再说。于是，他说："好吧，你先考虑一下。我明天再来。"

第二天上午，岳北去见刘萍。姑娘说："你别来了，姑姑说了，不会再见你。"他就坐在门口等，一直等到日落西山也没见到刘萍。

第三天，岳北依然没见着刘萍，任岳北坐在风中。

第四天晚上，岳北请了两个人趁夜强行把拖拉机搬到了知青点。同时，他又用小刀撬开了刘萍家的大门，把背包里的 50 万现金放在了她卧室门口。

岳北从金岭林场汽修厂请来四个汽车修理师傅对拖拉机进行拼装，四个师傅折腾了三天，终于把拖拉机拼装好，并刷上了五颜六色的油漆，拖拉机翻新了，像极了变形金刚。杰作完成后，他大大地舒出一口气，成就感油然而生，似乎流失的岁月里被撕裂的伤口，终于温情地缝合了，了无痕迹。于是，他抬头望向远处，阳明山葱葱郁郁，连绵起伏；金水河轻轻吟唱，微波涟漪；晒北滩寂静无声，安然悠闲。

　　岳北修复拖拉机的过程中，心里也有了知青点的修复方案。他带着知青点修复的初步方案，收拾行李准备回长沙，回去拟聘请专业机构进行深化设计，到时再回晒北滩跟居委会沟通翻建方案。临走时，他再去知青点看看修复的拖拉机，跟它作一个短暂的告别。当他走到知青点时，惊呆了。刘萍穿一身红衣，正举着铁锤不分青红皂白猛敲，每一锤下去，她都把嘴张翕得很大，似乎要用尽全身的力量也不解恨。拖拉机已四分五裂，东倒西歪，笨拙的金属声好像吐血的呜咽，向群山乱撞，如被围困的野猪。逝去的日子能再组装、修复？膨胀的欲望可以救赎？刘萍像松脂火把不停地烈烈燃烧、晃动。太阳爬过了山岗，激情照射下来，把岳北的身影和唏嘘拉得老长。"岳老板，姑姑让你一定把这背包背走。"岳北不知姑娘什么时候走到了他的身旁。他的影子在太阳光下不停地变化，急剧地变化……

今夜就分手

一

今天是腊月初八。赵萌江坐在公交车上，一路看见各种商店打出腊八节的促销广告，才知道所谓的腊八节。其实，在长沙腊八节好像没有这个传统，不过是商家的促销噱头而已。

对于长沙的气温，经常在微信朋友圈看到大家发段子戏说。长沙气温有时像个疯子，疯疯癫癫，上蹿下跳，譬如这几天，昨天还有二十度如小阳春，今晨起来就北风呼啸，直降十五度，大家都穿上厚棉袄，系着严实的围脖，黄昏时已直逼零度，现在开始下雪粒子了。

沙砾大的雪粒子，砸在公交车窗上啪啪啪作响，一丝丝无孔不入的冷风尖刀似的钻进车厢，扎进赵萌江的肉里、骨头里。他感觉双脚没穿鞋子，冻僵了，像两节冰棍子。车窗外弥漫节日的

气氛，从他眼前不停地闪过，但与他没有什么关系。而他的心却
与这鬼天气相似，甚至更冷酷。回到合租屋，不知道面对什么。

赵萌江今天早晨六点半就出来了，早早地汇入早班的人流。
人家上班要打卡考勤，而他不需要。他要早早赶到五一路立交桥
下的地下通道占地盘。去晚了，好位置全被卖手机膜的、卖早点
的、卖袜子的、卖内裤的、甚至卖避孕套的人占完了，他只能挤
在角落里。他卖的是现场素描画或者手艺。因此，必须醒目，熙
熙攘攘的人群目光可以直接看见的好档口。半个月来，他很在乎
上下班高峰期的人流，冷不丁就会有一个客人呢。每天他背着像
婴儿一样大的双肩背包，里面有画板、画笔、获奖证书和素描白
卡纸等工具。为了赶到地盘，他要倒三次公交车。从合租屋出
来，走 10 分钟就到了 38 路起点站，坐 35 分钟 7 站路，转 11 路
公交车再坐 20 分钟 5 站路，再转 76 路公交车坐 30 分钟 6 站路，
就到达五一路立交桥上面。出来坐 38 路车时，那是起点站，也
是城郊，只有稀稀散散几个人，随便坐哪个位子都可以；转 11
路车时，开始挤糯米团了；再挤上 76 路车时，已是面糊糊了。他
每天坐车时一边默默观察挤上挤下人们的脸，一边暗自数数。坐
了 3 天，他就数出了每路车的时间和站点。

算上今天，他出来卖画有 15 天了。

从早晨出门到现在往合租屋赶，赵萌江已出来 14 个小时。
今天小有收获。上午 11 点，一位满头银发的老奶奶形单影只地
来到他的摊前，拿着他的获奖证书看了很久。"真是你的获奖证
书吗？"老奶奶问。老奶奶也许曾被骗过，心存疑虑，但她目光

慈祥而温暖。"是我的获奖证书。你看，我获奖画的照片在这里，题目是《飞翔的房子》。这房子多漂亮、多温暖啊。"他认真地回答，把摆在一旁的照片拿给老奶奶看。老奶奶犹豫了一阵。他问："要画您吗？"他以为过了古稀之年的老人就开始准备遗像了。老奶奶没有立即回答，沉默了一会。然后，从羽绒衣口袋里拿出了一张发黄褪色的照片。赵萌江看见是一位老头的照片。"我老头子15年前病逝了，挂在家里的照片发黄了。我最近老做梦，在梦里老头子让我把他的照片换一下，毕竟又长了年岁了。你可以画好吗？"老奶奶慢条斯理地说。"奶奶，您放心，给我3个小时，我一定把他画得更英俊。把相片放在我这里，您可以先回去，下午两点来拿就行。"赵萌江告诉老奶奶。"你要用心画好啊，我老头子在世时，可是很讲究的，如果不像或者他不满意，他会在梦里骂我，我要做噩梦的咯。"从老奶奶平淡的话语里，赵萌江深深感到她对已逝老公的思念。下午2点，把素描画交给老奶奶时，她高兴坏了，连说："像他五十岁的时候，像他五十岁的时候。"她把画像温柔地抱在怀里，生怕惊扰了老头。老奶奶问他多少钱？他说："100元。"结果，老奶奶给了200元。他执意不收，老奶奶强行塞给了他。

这是赵萌江近半月的第二笔收入。他唏嘘不已。没有老奶奶这200元，他就要断炊了。而中午时分，易美满发微信跟他说，今夜就分手。这不是通牒，是告知。赵萌江知道。

再说第一笔。赵萌江来摆摊的第二天黄昏，摆了两天没有开张，他正准备打退堂鼓，想明天不来了，再去投简历找工作算了。那时，他真如泄气的皮球，信心和勇气在寒风里耗完了。那时，一个手臂上扎着黑纱巾，脸上挂有泪痕的中年妇女急匆匆地过来。她拿出一张照片，一位矍铄慈祥的老人。中年妇女哭哭啼啼说，这是她老爸，上午在人民医院病逝了，要画出安详和温暖来。他二话没说，架起画板就画起来。他画多久，中年妇女在旁哭了多久。或许被中年妇女感染了，画着画着，他感觉画中的老人是自己的父亲。他父亲今年也六十五了，这些年还在建筑工地打零工，供他上学学画，落下了尘肺病。每个月要去市里职业病医院住院洗肺，不然就呼吸局促，随时有上气不接下气的危险。每次要花 1000 多元。赵萌江大学毕业后，每个月必须固定给姐姐的银行卡打 2000 元，以保证父亲持续治病。想起这些，他也满含眼泪。中年妇女以为他为自己父亲仙逝而伤感。完工后，给了他300 元，说是加急费。就是这 300 元，让他重新坚定了信心，在这里坚守。那天他回家时坐在公交车上还算了一笔账，如果平均每天有一笔 300 元收入，一个月就有近万元，当然比在广告公司做小平面设计师好多了。当晚，他回到合租屋，很自豪地把 300元摆在了餐桌上，等到 12 点多易美满回来时，对她说，谁说我挣不了钱？一张素描就卖了 300 元！他还欲强行脱易美满的衣服，让她做裸体模特。易美满紧抱着衣服丢下一句，不就是画了张遗像吗，有什么好显摆的？让他直接瘫倒在床上，眼里的怒火可以把天花板烧穿。

当然，还有一笔本可到手，赵萌江自己中途放弃了，差点还挨了巴掌。那是他摆摊的第九天，距第一笔收入快一周没有开和了。这些天来，易美满一直唠叨让他放弃，不要再这样摆摊了，现在 21 世纪都过来 17 年了，你咋还这样原始没落呀？摆摊能养活你吗？去找工作吧，广告公司、网络公司和房地产公司都要平面设计师。别一根筋好不好？他一直在忍受着这些唠叨，心里总有一个念想，像一头发青的犟牛勇往前冲不回头。这天，华灯初上时，一位看上去 20 来岁的女孩挽着一位秃顶老人悠闲走来，像一对父女。他俩走过了赵萌江的摊位，那位女孩回头看见了《飞翔的房子》的照片，她拖着秃顶老人又扭来。她问赵萌江："可以现场画像？""当然可以。"赵萌江说。"要画多久？""速画，十五分钟；精画，半天。"一问一答后，女孩缠着秃顶老人要画像。秃顶老人说："好。"然后，从皮夹子里拿出 500 元，啪地甩在画板上。秃顶老人说："画好，如她满意还可以加。"赵萌江让女孩坐好，认真画起来，像在画室写生一样。一会儿，他把女孩头形描出来了，这时秃顶老人接了一个电话，赵萌江隐约听见秃顶老人说："在接待客人，要很晚才回家。"赵萌江猜想，电话应是他老婆打来的，这个女孩估计是他家外的花。赵萌江又想起易美满从事的职业，服务的对象可能大部分就是秃顶老人这类人。结果把女孩画成了秃顶老人，还被一支枪顶着脑袋。秃顶老人勃然大怒，从画板上拿走了那 500 元钱，伸出右手一巴掌打过去，如果不是赵萌江躲得快，就被打在了脸上，他一躲，那巴掌落在画板上。秃顶老人骂他："神经病！神经病！"拖起女孩气呼呼地走了。他回到合租屋讲给易美满听，易美满也骂他神经病！

　　也是在这晚，易美满的忍耐终于开始崩溃。赵萌江给她讲完后，他带着阿 Q 式的精神胜利要往易美满身上爬，易美满使劲把他推开。易美满说："我们分手吧。"

二

赵萌江跟易美满的缘分源于合租现在的房子。那时，他在广告公司上班，看好了城郊一间一居室改造的、供两个人合租的房子，每个月租金 1000 元。为了节省费用，他在天涯网发了一个合租房屋的帖子：男合租者，每个月各承担一半房租；女合租者，每个月他承担 600 元，女的承担 400 元。发帖不到一个小时，一个姑娘就联系了他，说愿意合租，分担房租的事情，他要说话算数。赵萌江说："行。"他俩在电话里约好第二天下班后去房东那里签合同。赵萌江第二天按照约定的时间，7 点钟准时赶到了。他等了一刻钟，也没见易美满的影子。爽约了？他正纳闷时，易美满的电话打过来了。她在电话里说，晚上要加班，房子一定合租，如果信任她的话，他就跟房东签合同，她马上加他微信，通过微信转账 400 元给他，作为第一个月的房租。电话挂后一分钟，他俩互相加了微信。易美满立即微信转账 400 元给他。赵萌江觉得她讲诚信，对她充满好感。

易美满终于要来了。次日晚上 12 点，她打电话给赵萌江，让赵萌江到楼下等一下，以便她找到。她是打车来的，拖着大包小包，带着一身酒气。如果不是赵萌江要改一个平面方案，如果不是易美满下午打电话跟他约好，也许他早就做着美梦了。易美满见面说，不好意思，让你等到这么晚。赵萌江从朦胧的夜色里看到她，短发，圆脸，胸大，屁股大。赵萌江帮她提了最大的箱子和被褥。回到房间，赵萌江说，这房子是一居室改的，你是女孩，就住里间，我呢就住外间，卫生间、厨房共用。"你真爷们。"易美满说。她说完后就开始铺床。铺床时她去洗手间呕了三次。易美满铺好床铺后去洗手间洗澡。洗澡水声暧昧地"哗哗"响。赵萌江听到水声，分了心，身体有本能反应。易美满洗完出来，穿着开脑好低的睡衣，两个大胸露出了一半，示威一样。她轻轻说了一声"晚安"，随手就把里间的门关上了。赵萌江迅速地改好方案，准备洗洗睡。进入洗手间，茉莉花沐浴露的香味混杂着酒味直扑鼻子，晾衣架上挂了黑色的蕾丝内裤和蕾丝文胸，在他头顶上一荡一荡的。

<h2 style="text-align:center">三</h2>

赵萌江早出，易美满晚归。赵萌江上床做梦了，她才回来，偶尔把他吵醒，几乎没再见面说话。两个人都各忙各的，一个屋檐下，相安无事过了三个月。

一天晚上，赵萌江当天下午跟客户汇报平面方案，客户对方案很满意，老板一定要把他们设计团队留下吃饭，他喝了几杯红酒，回到合租屋，把电脑包往桌上一放，不洗脸，也不洗脚，倒在床上就呼呼大睡了。11点时，房门被粗鲁地打开，开门的声音很大，几个姑娘叽叽喳喳地喊，用力抬，用力抬。他被吵醒了，以为来了小偷。出租屋里治安不太好，小偷时有光顾。赵萌江睁开眼睛，看见三四个姑娘有的抬手，有的抬脚，把易美满往屋内移。易美满瘫成了一堆。赵萌江一骨碌爬起来，伸手用力托着她的背，一起用劲把她抬到床上。几个姑娘呼哧呼哧喘着粗气，个个酒气熏天。一个姑娘跟赵萌江说，帅哥，易美满为了 500 元，刚才拼了一瓶白的，醉了，麻烦你照看一下，她睡一下就会醒的。我们还要赶回酒吧，那里还有一个顾客要管，他还没买单呢。赵萌江这才知道，她每天晚上那么晚回来，回来后经常到洗手间呕吐，原来是"吧女"。一个客户曾经请他们设计团队到解放路华清池酒吧嗨皮过，他在那里见识过吧女。所谓吧女，其实就是酒水促销员，靠推销酒水拿提成。易美满只安静躺了一会，就开始昏天昏地地呕吐。赵萌江听到她的呕吐声，立即拿了个塑料盆放在她床前。赵萌江站在旁边束手无措。她一直闭着眼睛呕，泪水都呕出来了。呕吐一阵后，她让赵萌江用蜂蜜泡一杯热水让她喝下。她喝完后，又是一股猛喷，蜂蜜水、其他食物又呕出来，最后连黄疸水都吐出来了。赵萌江觉得她真不容易。如此这般折腾了两个多小时，她就睡了。赵萌江见她安静睡后，也回房休息。

　　第二天七点，他准备上班去，想起易美满昨夜醉酒，想打个招呼再走。他轻敲房门好一阵，没有反应。于是，他推开房门，喊她一下，看是否醒酒。赵萌江怎么喊都喊不醒。他怕出问题，就守着易美满，没有去上班。谁知易美满睡了两天两晚，不吃不喝，也没见那群姑娘来照看。直到第三天晚上 8 点，她终于醒了。她睁开眼睛微弱地看赵萌江。赵萌江终于松了一口气，说："姑奶奶，你这是吓死人啊，那样不要命为哪般？我跟你合租一个屋，你要是死在房子里，我可是跳进湘江也洗不清啊。""不好意思。"她气若游丝地说，一脸的歉意。赵萌江问她，是否喝点汤或者粥？她说："那就麻烦你熬点粥吧，我肚皮都贴到背上去了，饿死了。"赵萌江细心熬粥，切了一点瘦肉，加了老姜丝，放了少许盐。赵萌江盛了一大碗。她靠在床头，比刚醒时精神好多了，脸上有了些许红晕。赵萌江递粥时，眼神跟她对视了一下，发现她是双眼皮，嘴唇左边有个美人痣，一对浅浅的酒窝挂着圆脸上。尽管病态，在昏暗的灯光下，有点古典美。易美满可能太饿了，狼吞虎咽地喝完了一碗，又要了一碗，什么美女的矜持含蓄羞涩也不管不顾了。

她吃完后，赵萌江就退了出去。

过了十几分钟，易美满喊他："喂，请你进来，聊会天咯。"他就又进去了，搬把椅子坐在靠墙的地方。她还是半躺着靠在床头。她说："太谢谢你了，亲兄弟可能都没这样照顾。"赵萌江说："没关系，虽然不是什么亲属，但既然有缘合租在一个屋檐下，也是没有选择的，在外谁没遇到过困难？"赵萌江说话时，易美满直直地看着他。过了一阵，易美满又慢慢说："我是湘西的，来长沙三年了，读高二时，父亲得了尿毒症，最开始每个礼拜去医院透析一次，后来每个礼拜要透析三次，新农合医保报一部分，每一个月还要2000多元，完全做不了体力劳动。哥哥结婚后，分家了。父亲跟我说，妹子，怪你命不好，在你关键的时候，爸爸病了，不能供你读完高中考大学了。就这样，我高二没读完就到深圳进厂打工。那年春节回来，婶子给我介绍对象，城边一个包头工的儿子。他家在街上买了两套房子，还有一个门面。如他家看上了，可以拿20万彩礼。结果那男孩看上我了。他家轰轰烈烈提了20万现金，正月十五到家里来定亲。那天，父母亲嘴巴都笑咧开了。他俩一辈子也没见过那么多现金，1万一沓，10万一捆，眼睛望绿了。"她说到这里时，停顿了一下，挪动了一下身子，又伸手欲拿水杯。赵萌江起身要把杯子递给她，她没让拿。她半起身拿了杯子咕咚咕咚喝了几大口。接着，她又说："家里有了20万，父亲尿毒症透析的钱有了着落。尽管才19岁，嫁就嫁吧，当时真有英勇就义的感觉。"这时，她笑了一下，脸上的酒窝突兀了几下。她说："父亲同意过了中秋节我满了19岁后就结婚。定亲后，我没再去打工，他让我在工地管材料。有天晚上，他爸妈回家去了，他跟我两个人在工地的板房里，那男孩打开手机让我看一个视频，我凑过去看见视频里两个人正在做那个事。"赵萌江好奇地问："什么事情？"她说："哎，就是男女之间那个事情咯。"赵萌江的脸一下红了。赵萌江到现在还没谈过恋爱。她看见赵萌江那样害羞，她就问赵萌江，你不会还是童子伢吧？赵萌江不答。她又说："那晚开始，我们就同居在一起了。大概过了两个月，我怀孕了。有次，那男孩彻夜未归，我等了他一晚，打电话给他，开始说在陪客户，后来电话也不接了。我不知道发生了什么事情。那时肚子里的孩子已感觉有胎动了，我躺床上，抚摸着肚皮，提心吊胆等他。"赵萌江这时发现，她下意识地用手摸了摸肚子，像给最亲近的人讲压在心底藏了多年的秘密。她接着说："直到天麻麻亮那男孩才归屋，满嘴酒气，身上也有香水味。第二天，我告诉了他妈妈。他妈妈把他臭骂了一顿，可能是他故意报复我吧，当晚他又玩失踪了，一夜未归。连着一个礼拜都这样。女人的直觉让我起了疑心。一天下午，他开车走后，我坐上的士紧跟慢赶。结果跟他进了一个小区，他径直去了一个套房。我当时气炸了，打电话给我哥哥，让他来帮我捉现场。哥哥赶来了，把他俩捉了个现行。我哥哥打了他几拳，把我接回了家。"赵萌江看见她十分平静，好像事情不是发生在她身上，没有一点痛苦的痕迹。她说："回家后的第二天清晨，我就买了大巴票来到长沙。当时，身边有点钱，下了车直奔妇幼医院，把孩子打掉了，发誓不再回湘西，要在长沙混出个人样，变成城里人。我走后，那男孩家到我家里闹，要退婚。我父母老实巴交，答应退了，那彩礼父亲治病已经用了2万，退了18万，那2万父亲答应一年后退完。我到长沙半年后才跟家里联系，我告诉父亲，那2万由我来还，还要赚钱给他治病。"赵萌江为之一颤。最后，她又说："我现在白天在地下商场帮人卖服装，晚上就到酒吧做吧女。"

易美满坦荡地诉说，也打开了赵萌江的话匣。他说："我是永州的，从小就不太喜欢读书，喜欢写写画画，想当画家。父亲是老三届毕业生，那时处在'文革'时期，他不能考大学，高中毕业就回到农村接受贫下中农再教育。'文革'结束后，村里让父亲当民办老师，后来改革开放了，他嫌工资低就没再当，到处做一点零工。妈妈那时身体不太好，她四十岁才生姐姐，四十二岁生我。父亲把上大学的希望寄托在我身上，他认为书中自有颜如玉，书中自有黄金屋，一直鼓励我考大学以完成他未遂的心愿。我告诉他，凭文化成绩可能职业学院都考不上。他后来不知从哪里打听到，考美术专业文化成绩不需要那么好。因此，让我从高二开始学画画，给我报了短期速成班，买铅笔、油画颜料、水彩颜料、画板等各类绘画工具。但毕竟底子薄，起点低，学了一年多，参加美术联考没获得一所三本以上大学通过，只考上市里的职业技术学院读专科。大学三年，人家谈情说爱，我跟美术老师从最基础的素描开始扎实学了三年画画。现在想来，没有辜负父亲的期望。毕业后，我在永州最大的广告公司做平面设计，每月拿 2400 元。那年夏天，父亲因为长期呼吸不畅、咳嗽，到市职业病医院检查，确诊是尘肺病，每个月住院治疗一次，医药费要 1000 多元。姐姐嫁人了，在农村只能维持温饱。我在永州打工一个月的工资，给了父亲医药费后所剩无几。前年冬天来了长沙，现在在一家广告公司，月工资有 4500 元，每月按时把 2000元打给姐姐的银行卡，姐姐陪父亲治病。我没有那么多奢望，只想赚到父亲治病的钱。城市对我而言，总是若即若离。"

<h1 style="text-align:center">四</h1>

两天后，赵萌江回到公司上班，门禁卡无法打开大门。人事主管告诉他，他两天未到公司上班，影响了一个项目的平面设计

方案交付客户，客户非常愤怒，客户直接解约了，扬言还要找公司赔偿损失。因造成近 35 万元合同损失，他被公司直接开除了。他留在办公室的私人物品，行政部的人已经帮他收集整理放在一个纸箱里。这突如其来的变故，让他的头涨大了，晕眩了，一下就加入失业大军。他极其沮丧地抱着那个纸盒，失魂落魄地离开了公司。

赵萌江回到合租屋时，易美满已经起来了，刚从洗手间洗澡出来，出水芙蓉一般，身上散发淡淡的香味，完全看不出醉酒后病态的样子。赵萌江这么早回去，易美满有点奇怪。她问他，怎么又回来了？赵萌江没有作声，只从纸箱里拿出东西低头整理。她走近去，再问。他才轻声说："被公司开掉了。"易美满马上猜到，可能因她醉酒，他两天没去上班，影响了他的工作。她马上说："对不起，实在对不起，是我影响了你。没事，凭你的能力可以马上再找到更好的工作。在没有找到工作之前，房租由我来承担。"易美满收拾了一阵，就去上班了。

赵萌江在合租屋来回走动，房租问题解决了，可是父亲每个月的医药费不能断档。他想起父亲咳嗽、气喘的样子，就一阵阵难过。打开电脑，马上整理简历。然后，上网搜索招聘信息。先后把简历投给了五家公司。忙完这些后，他觉得腰酸背痛，这几天照顾易美满的劳累完全显现了出来。他和衣睡下，一直睡到夕阳西下。他起来后没有胃口，想起易美满喝粥的样子，也想喝碗粥。于是就熬粥。既然熬粥，就多加一个人的量吧。

易美满那晚下班比较早，不到 12 点就回来了。她一进屋，一身酒味让屋子里就变成了酒坛子。赵萌江说："这么拼，也不多休息两天？"她说："哪敢啊？"赵萌江说："我今晚又熬了粥，你喝不喝？"她说："你的手艺好，又真情，我当然要喝啦。"易美满高兴地喝了，还直言这是天下最好喝的粥。她洗漱忙完后直接睡了。赵萌江还想跟她说说话的，他有点失落。

易美满的生活又步入了正常轨道，早出晚归。赵萌江只能在合租屋里等面试通知，一时无聊，就拿起画板，拿起画笔，重新画起来。近两年到长沙后，很久没画了。他找出画册，开始临摹米开朗琪罗的《大卫》。这幅临摹过 N 次的作品，由于久疏画笔，线条、力度、明暗、结构都生疏了。为此，他把前面起笔的三张画纸都撕掉丢进垃圾桶里，痛苦地敲自己的脑袋。折腾了近一天，终于完整地画完了一张。他把画板支在进门就能看见的地方，他想让易美满知道，他画画不是胡吹海侃的。

那晚，易美满回来打开门就"啊"的一声惊叫："画的是哪个啊？画得真像英雄。"那时，赵萌江正在翻看画册，认真分析临摹存在的问题。赵萌江站起来转身看到惊讶的她，易美满冲了过去，抱着他在脸上咬了一口。沉默郁闷中的赵萌江哪禁得起这等刺激？他爆发了，就势抱着易美满啃起来，从地上到床上，地动山摇。

<h2 style="text-align:center">五</h2>

赵萌江投了五家公司简历，获得了两家广告公司面试机会，

但面试后就杳无音讯了。不知是跟易美满确立了关系，还是哪根筋搭错了，之后的两个月，他都在不停地画，忘我地画，心里有莫名的欲望和冲动。除了临摹《大卫》《维纳斯》，还画达芬奇的《蒙娜丽莎》、梵高的《向日葵》、鲁本斯的《亚当与夏娃》等，一屋的画作，一屋的颜料。近几天，他正迷恋创作一幅《飞翔的房子》油画作品。他的沉迷让易美满一直不停地唠叨，这么下去，房子就是你画里的空中楼阁！正是这句话触动了赵萌江的灵感。他满脑子充溢着线条、结构、色彩，这些东西一直在撕扯他，折腾他，困扰他，让他欲罢不能，不画不快。前后创作了一周，终于完成了《飞翔的房子》。他涂完最后一笔颜料，把画笔狠狠地摔到地上，无力地靠在画板上。之后他在网上看到新闻，市委宣传部正组织"我的中国梦"美术作品大赛。他把这幅作品送去参赛，获得了一等奖。

赵萌江把获奖证书领回来拿给易美满看。易美满把获奖证书丢到床边，像连珠炮弹发射般地高声说："这能当饭吃吗？飞翔的房子能住吗？房租我已承担了三个月，你爸爸的医药费我也付了两个月，还有我父亲的医药费！我已经快崩溃了！再这样下去就分手！"

赵萌江怔住了，呆立了好一会儿。他知道易美满的决绝。他无声地收起获奖证书，收起画板。为了表明决心，才有到五一路立交桥下卖画的行动。

出去摆摊的第八天，赵萌江没做成一笔生意，百无聊赖。他给易美满发微信说，晚上去接她。易美满告诉他，她已不在酒吧了。赵萌江以为她不想让他接，晚上 12 点还是到了酒吧，在门口一直等到酒吧散场也没有见到易美满。赵萌江去问保安，保安说，她两个礼拜前已经到大潮 KTV 上班去了。去 KTV 上班为什么不告诉我?! 他怒火狂烧，青筋直暴，愤怒地骂了一句，然后一路朝大潮 KTV 狂跑，手不自觉地握成了拳头，真想揍人。在KTV 门口，他不停地来回走动，心被刀慢慢割着，血在奔涌。终于等到易美满簇拥着一个中年男子出来了。她浓妆艳抹，穿着超短裙，袒胸露乳。赵萌江一时未认出来，他压住怒火靠上去。男子问易美满，谁啊？她说，曾经的一个客人。赵萌江真想上去给他俩几拳，但最终没敢，连大声说话都没有。易美满送走客人，换了装打车回家时，赵萌江走到出租车旁，易美满看都没看他一眼就上了车。赵萌江打开车后门默默坐上去，不敢表达一丝不满。

六

赵萌江倒了三次公交车，风雪里像蜗牛一般倒腾到合租屋楼下。一辆车快速从身边开走，车灯刺眼地照过来。他模糊地看见是一辆路虎车，隐约听见车内有易美满的笑声。留下的车辙，像他张开嘴无声地呼唤和呐喊。

他进屋后发现，易美满的蕾丝内衣内裤、劣质的香水化妆品、柜子里的衣服、大大小小的箱包等各类物品已经消失得无影无踪，仿佛就没有出现过。房子被重新整理过，他的被褥、衣服，厨房里的锅碗瓢盆，全部整理得井井有条。她要抹掉所有的痕迹，抹掉这六个多月的时光，抹掉那些快乐、劳累和苦逼。他想。他仿佛走进了冰窟，上上下下，里里外外，冰冷透了。他把双肩背包随手丢在地上，和衣钻进了被窝。他太需要温暖了，无论身体，还是心里。他想了很多很多，面对城市无尽长高的房子，面对家里无尽长的账单，缘来缘往，聚散依依。然后就释然了，和解了，身子慢慢暖和起来，慢慢睡着了。

过了一阵，电话声把他吵醒，是姐姐的电话。姐姐说："爸爸的病越来越严重了，医生要求住一个月院治疗。"赵萌江说："好，钱我来挣。"然后，他又看到手机有条未读短信，是"我的中国梦"美术作品大赛一个评委发来的，短信内容为：你很有才华，希望你明年报考中央美院我的研究生。他更加茫然。

肚子叽里咕噜闹起了意见。他起来打开冰箱，有昨晚剩的辣椒炒肉和半瓶老干妈辣椒酱。他突然很想喝口酒，就到楼下超市买了一瓶二锅头，伴着冷菜，和着风雪自斟自饮起来。第一次觉得酒真是个好东西。这时，响起了敲门声。他以为易美满又回来了，他没起身去开门。过了一会，响声更大。他才去开门。

怎么不开门？房东胖嫂有点不高兴地说。听说跟你合租的女孩已搬走了，这下雪天的，我来看看你。

赵萌江见是胖嫂，有点意外。

"一个人喝闷酒干吗？来，我陪你喝。"胖嫂坐下来豪爽地说。赵萌江拿着易美满曾用过的杯子给她倒酒。几杯下肚，胖嫂的话多起来。她说：'不要伤心，有些事情要勇敢面对。像我，前几年老公癌症死了，那时我才三十六，开始自己死活走不出来，但生活还要继续啊，慢慢地就走出来了。前年搞征地拆迁赔偿，我有了五套房子。之后，有人给我介绍对象，见了几个，都是冲我房子来的，弄得我现在连相亲都不敢了。"

赵萌江不说话，只跟胖嫂碰杯喝酒。毕竟不胜酒力，他慢慢就飘了起来。胖嫂的话越来越多，离他越来越近，他越来越迷惑，不知不觉就爬到了胖嫂身上，像只甲壳虫，而脑子里却塞满了飞翔的线条、钢筋、炊烟和落日。突然，他大声哭起来。胖嫂一把将他扒开，像拍走身上的一只苍蝇，她飞速地穿上睡衣，摔门而去。

屋外，风停了，开始下起鹅毛飞雪。漫天飞舞的雪花深情而无私地覆盖大地，覆盖城市夜的深度。世界，那么静谧，那么安详。

我是有父亲的人

我有些怨恨。不到一二岁，怎么就有怨恨了呢？同桌小雅在放学路上说了伤害我的话。那话，没有谁提及，就像从来没发生过。外婆、妈妈、我的玩伴，都不曾提及。那天，我回到家，偷偷用妈妈梳妆台的镜子照了。我看到自己目光混浊，混浊里有点忧伤，忧伤里更多一些怨恨。我开始一点也不相信，反复照了三次。第一次，看到镜子里的我，一点都不像是自己，我曾上树摘过星星，下河捉过泥鳅，这些在后面我会讲，反正镜子里的我不是我。我又照第二次，可是第二次比第一次更厉害，我冲镜子里的我做了个鬼脸，结果鬼脸里还有点杀气。第三次时，我几乎把眼睛贴在镜面上，只留了一条可以看见的缝，完全变形了，像魔鬼了。我走失了！我害怕地用手拍了拍镜子，镜子发出"哐当哐当"沉闷嘶哑的声音，好像它比我还委屈。我没哭，我是不会哭的。从妈妈那次被打哭过后，我就不再哭了。我不知道自己哪来这样的坚强。

小雅是我转到城关小学的同桌。尽管我有用手擦鼻涕、随便用手拿东西吃、爱放屁的坏习惯，但她不嫌弃我。她有比外婆家门口的榕树洞还要大的包容心。有一次，张老师上作文课，讲怎样写亲爱的爸爸。张老师转身在黑板上写"亲爱的爸爸"几个字时，我没有控制住，放了一个好响的屁，弄得全班同学哄堂大笑，只有小雅一个人没笑。老师转过身来，走到我身边，正准备用手扯我的耳朵时，小雅站起来说："不是小涛，我都没听见。"张老师只好放下了手。那时，我真害臊，脸一会红一会白。我用感激的目光看着小雅，心里无限感激小雅救了我。但小雅也是柔弱的女孩。她怕走夜路，冬天的时候轮到我俩值日，把教室卫生搞完后，天就黑了，她就怕，就哭。我不怕走夜路，我在外婆村里时，有月亮的晚上，都在外面捉迷藏呢。小雅对我这么好，我也得帮她。我跟小雅说："小雅，你别怕，我送你回家。"其实她家不远，走过校门口的大街，往右转一个弯，再往左转一个弯，就到了。走在路上，我像男子汉样跟小雅说："以后，只要值日晚了，我都送你。"我说完后，感觉自己个子都长高了很多，形象高大了许多，还在小雅面前耸了耸肩膀。到她家楼下时，她爸爸已经等在那里了。她爸爸是一个局长。送了几次小雅后，我觉得她爸不像局长，又矮又胖。每次送到她家楼下，他一句"谢谢"都没说，倒是小雅家的哈巴狗跟我熟悉起来，每次到她家楼下，哈巴狗就跑过来，趴到我裤脚上跟我亲热，左跳右跳。时间长了，我发现自己慢慢喜欢小雅了。但是，学校开了三次家长会后，她居然对我说："怎么没看见你爸爸来参加家长会?"她伤害了我。从此，我开始有点怨恨她，也怨恨学校开家长会。如果学校不开家长会，小雅就不会这样说。

那天放学回家，我就偷偷照了镜子。

从那以后，我背着书包上学，也背上了一些怨恨。

我在外婆那里的村小读完四年级，才被迫转到城关读五年级的。

外婆是天下最好的外婆。她一个人把妈妈拉扯大。听她讲，妈妈六岁时，外公得了怪病，就死了。那以后，她也没再嫁人。她拉扯了妈妈，现在又驼着背来拉扯我。我觉得她对我比对妈妈好，每天晚上用她骨瘦如柴的手拍着我睡。我睡不着时，她就转过身去，让我摸着她驼背的地方数数，想天上的星星。有时，我故意用力掐她，她还说好舒服。

跟外婆在一起的时光，顽皮，淘气，快乐。放学回来，她从不叮嘱我写作业，我想写就写，不想写就不写，把书包往家里一放，跑得无影无踪。我跟猴子、山花、牛仔一起疯玩。春天，我们到山花家菜园子里摘菜花，赶蜜蜂；夏天，到村前的小溪里洗澡，捉泥鳅；秋天，爬到猴子家的橘子树上摘橘子；冬天，堆雪人，打雪战。时间，调皮地流淌。有一年中秋节，那夜的月亮好亮好大。山花悄悄从家里拿出月饼给我吃。那月饼好圆，好甜，好香，真像月亮。我那时想，月亮的味道就是月饼的味道。这么多年了，还弥漫在心里。山花知道我外婆没月饼。然后，我们就爬到外婆家门口的榕树上，看月亮，数星星。明亮的月光透过树叶，洒在我们的身上，像萤火虫一闪一闪，星星在辽阔高远的天穹眨啊眨。我们就开始唱儿歌：

> 月亮光光，月亮绣球，
>
> 东源奶崽看水牛；
>
> 水牛过沟，踩到泥鳅，
>
> 泥鳅浮水，浮到海鬼；
>
> 海鬼钓鱼，钓到团鱼，
>
> 团鱼屙个波波蛋，
>
> 奶崽要吃三碗白米饭。

　　唱着唱着，山花就要我和猴子爬上树摘星星。猴子好胖，屁股都像大肉包子。他拨开树枝，抬头望了望天，又往树下看了看，看到地上有我们模糊的影子，就撒谎说："我下去让地上的影子去摘。"他一下就从树上滑了下去。山花就笑："猴子是个胆小鬼，猴子是个胆小鬼。"猴子坐在地上望着我。我抬头望着天上的月亮，大大的月亮明亮清澈，无私地照着我们，铺了一层水银一般，有一颗最远、最亮的星星，好像在对我笑。一丝微风吹过，树叶轻轻飘动。透过树叶，细碎的月光照着山花，山花有点飘忽。我不管三七二十一，站起来就跳了出去，要跳到天上摘星星。结果，没跳多远，就往下掉，好在我反应快、劲大，抓住了一根树枝，像荡秋千一样吊在树枝上。山花可能被吓住了，大声地惊喊："哇——小涛——"后来，她看到我抓住树枝荡起来，又大声喊："小涛男子汉——小涛男子汉——"我至今记得那晚的月亮，可能与山花喊我男子汉有关，那可是第一次被女孩认为我是男子汉。

可是，有一个晚上，我一点也不高兴。那天，猴子在广东打工的爸爸回来了，买了牛奶、果冻等好多零食。吃了晚饭后，猴子带了果冻分给我和山花吃。吃完了，我们就在草垛里捉迷藏。三个人都往草垛里钻，钻着钻着，结果在里面睡着了。猴子爸爸、山花爷爷到草垛里把我们找出来。山花是他爷爷背着回去的，估计她又伏在爷爷的背上继续睡着了。猴子是骑在他爸爸的肩膀上，像骑马一样回去的。他那么胖，他爸爸还让他那样骑马。只有我迷迷糊糊，眼睛也没睁开，路也看不清，跟在他们的后面，我踩了一脚碎石头，摔了一跤，膝盖摔破了皮。

那时，在村小上课，一般不开家长会。要开家长会，也是爷爷、奶奶去参加，都是七老八十的老糊涂，自己都不清楚了。外婆驼着背去参加家长会。她参加完家长会，也不知道老师说了什么，反正老师没告状，成绩如何，她才懒得管。每次回来，她都乐呵呵的。外婆有个真理：吃饱长高，没病没灾，就好。外婆有一个行为，我也不喜欢。每次在我洗澡时，坐在澡盆里，她用手浮水，把水浮到我的鸡鸡上，还对我说："以后长大了，管好自己的鸡鸡，不要害人。"我听不懂外婆说的话。但她老絮絮叨叨，我就不喜欢。

妈妈又嫁了人。那时，我才五岁。妈妈带着我，失魂落魄地从深圳回到外婆家。妈妈五年没回外婆家了。妈妈回来后，还拖着五岁大的我。那天回到外婆家时，天黑得透不过气来。外婆一见我们，就劈头盖脸地骂妈妈。妈妈一气之下，没过半个月，就到城里找了一个开超市的、腿有点瘸的男人结了婚。妈妈结婚后，外婆说："把小涛留在我身边，不要新婚时还带个拖油瓶。"后来，妈妈又生了一个妹妹。

在转学到城关读书前，妈妈在城里的家，我只去过两次。一次是妹妹满月。外婆带我去吃"三朝"酒（就是满月酒）。妈妈抱着妹妹给客人看，妹妹的额头还用锅灰点了一点。我们这里的习俗，涂了这点黑锅灰，表示人贱，图个好养。那一点黑，在妹妹粉嘟嘟的额头上，比包青天的黑还要突兀、刺眼。妹妹小眼睛，小鼻子，小嘴巴，蛮好看。妈妈搂着，抱着宝贝似的，后来妹妹的爸爸又抱过去，他还抱着妹妹转圈。他转圈可能转晕了，又把妹妹递给妈妈。我趁妈妈不注意时，用手掐了妹妹粉嘟嘟的脸。妹妹"哇"地就惊哭起来。妹妹脸上有了一个更红的印子。妹妹爸爸发现是我掐哭妹妹，他就过来用手打我，打我的小手。他的手又瘦又硬，像一根钢筋，打得好痛。可是，我没哭，我鼓着眼睛盯着他。还有一次，过春节，妈妈把外婆和我接到了城里。吃年夜饭时，妹妹的爸爸给我夹了个大的鸡腿，给妹妹夹了个小的鸡腿。我狼吞虎咽地把大鸡腿吃完了，又把妹妹的小鸡腿抢过来吃，妹妹当场就哭起来。妹妹的爸爸用筷子敲了我的头。外婆说："过年八节的，不要用筷子打小孩。"我也没哭，我还朝他们做鬼脸，把妹妹吓得哭声更大。三年级放暑假，妈妈接我到城里，说要给我补习一下功课。我还没走出村口，就装着肚子痛，跑了回去。

外婆在我读四年级时死的。外婆死了，没人管我了，我被迫转学到城关小学。在城里，每天放学回来，关在家里写成堆的作业，就像自由翱翔蓝天的大雁，失去了辽阔的天空，空有一对坚强有力的翅膀。写完作业，也不准看动画片，只允许我看《十万个为什么》。有时，我真想问妈妈一个为什么，难道这样就可以出状元郎？我感觉时光有些沉闷和黯淡，十分怀念在外婆那里的快乐时光。学校定期开家长会。五年级一期期中考试过后的第一周，学校组织开家长会，比乡下人结婚还要正规。班主任李老师左叮嘱，右叮嘱，生怕哪个家长不来，坏了她的一场真人秀。妈妈本身要出去进货，不准备参加。李老师真有先见之明。我就缠着她，告诉她，我没有不及格的课程，老师不会批评人的。原来，妈妈是真怕丢人。我语文 80 分，数学 85 分，刚从村校转来能及格就不错了，夏何兄语数都在 80 分以上。家长会上，老师没告状，妈妈蛮高兴。回家的路上，妈妈破天荒地带我去吃了肯德基，算是奖励。这是我第一次吃。我要了一对大鸡腿，一个鸡肉汉堡，三下五除二就吃完了，大鸡腿又香又嫩，汉堡有点怪味，比外婆家的红薯还难吃。妈妈的左手杵着下巴，开心地看着我吃。我心满意足地吃完后，放了一个响屁。期终考试完了，又要开家长会。我这次成绩更好，语文 91 分，数学 95 分，班上第五名。妈妈更高兴。果然，那次家长会后，她直接带我去了百货大楼，给我买了过年穿的羽绒服。我心里美得很，看来关在笼子里比在外放养，还是不一样的。五年级二期，我的成绩一直稳定，基本稳定在班上前五名。期中考试过后，学校组织的家长会，还是妈妈参加。她对我越来越有信心了。我也期待妈妈的奖励。这一次，妈妈奖励我，准备周末带我去市里看野生动物。我高兴死了，走路都连蹦带跳，城里的阳光终于灿烂起来。你看，家长会对我而言，多么实惠啊。每次开完会，都有超过预期的奖励。我多期待开家长会啊，我成绩好，妈妈有面子；有面子，妈妈就高兴；妈妈一高兴，就会有额外奖励。

可是，这个该死的小雅，居然跟我说："没看见我爸爸来开家长会！"

其实，我四岁以前跟妈妈在深圳生活。我们住在一个小区的公寓楼。我现在还模糊记得，每到周六或周日的晚上，总有一个秃顶的、肥头大耳的、大啤酒肚的高大男人来。每次来，买好多零食，有蒙牛牛奶、可比克薯片、苹果、梨子等，还有变形金刚、火车侠、蜘蛛侠等玩具。他来了，我跟妈妈像过节一样，两个人都喜笑颜开。他一进屋就抱我亲，用胡须扎我的脸，扎得生疼，要我喊爸爸。我就稚声稚气地喊爸爸。每次喊后，他就把我往怀里抱，笑起来像弥勒佛。他的手掌很厚很多肉，好有力，但不生硬，软软的像糯米饭。所以，比妹妹的爸爸那又瘦又硬的手，强多了。我现在还能强烈地比较出来。过年过节的话，我们一般提前一两天过，比如八月十五中秋节，我们就八月十四过；春节，我们就腊月二十八或二十九过。不管哪天过，妈妈都做很丰盛的菜，三个人一起快快乐乐过节。我就总希望他经常回来，也盼着经常过节。要是每天都来，每天买很多零食，买很多玩具，每天抱着我睡觉，多好啊。有时，过了几天，我还会问妈妈："怎么爸爸还不来呢？"妈妈就闪烁其词，说："爸爸在外地工作，每周只能休息一天。"他有时开车过来，周六上午偶尔带我们出去玩一下。到大梅沙海边游泳，就是他带我们去的。那大海好宽好蓝，我的眼睛使劲望，就是望不到边，天上飘着很多很多像棉花一样的白云，我在沙滩上奔跑，有时坐在沙滩上，他跟妈妈一起挖沙子，往我身上堆，弄得像一个沙人。他还让我躺下，让我静静听海潮声，海潮一个接着一个，浪花扎过来。大海真是奇妙的世界。我把笑声留给了大海。妈妈也笑得很灿烂。从大梅沙回去的路上，我坐在车上摇摇晃晃就睡了。他跟妈妈说："穿帮了，我老婆发现了。以后，不能经常来看你们了。"妈妈就哭起来，哭得好伤心，像一个泪人。哭过一阵之后，妈妈说："那我们怎么办？"他一边开车，目不转睛地看着前方，说："放心，我会想办法来看你们的，会给你们生活费的。"妈妈说："老朱，你怕什么？一个男孩重要还是局长位置重要？"妈妈说这句话时，我突然睁开了眼睛。我听不懂，我猜他是局长。所以，我说过小雅爸爸又矮又胖的，不像局长。局长应是他那形象。过了几天，一个五十多岁的老女人带着三个五大三粗的男子，跑到我们住的地方，把妈妈一阵狂打，那个老女人还骂妈妈是"臭不要脸的妖精"。妈妈倒在地上，嘴巴出了血，鼻子出了血，头发被扯得像狗尾巴草。我没有力气，但我握了小拳头，躲在旁边哭着喊："你们别打我妈妈，别打我妈妈。"我恨自己太小，保护不了妈妈。那个老女人还对我吐了痰，用脚踢了我一下。大约过了一周的深夜，他来了。这次他没带任何东西，只夹了个手包。他跟妈妈说："玉蓉，对不起，你们先回老家吧。我给你们几万块，回去生活，我到时候来找你们。"妈妈抱着他哭，什么也没说。过了几天，妈妈伤口好得差不多了，我们收拾行李，回到外婆家。

　　五年级二期期终考试，我发挥出奇厉害，考了班上第一名。学校要开家长会。妈妈去参加的话，就一定会兑现带我去北京旅游的诺言。但小雅伤害我的话，在心里埋藏了半个学期。同时，我的小计划也在心里谋划了半个学期。我不能让小雅一传百、百传千。我要告诉他们，我是有父亲的人。那天放学走时，李老师叮嘱我，一定要妈妈参加，还要妈妈准备在会上发言。我回到家，没有告诉妈妈要开家长会。我准备开始执行谋划已久的计划了。那晚，我一直在房间坚持不睡，瞌睡来了，就去洗手间用冷水洗脸，用手掐屁股，实在不行，就在房间里慢跑，一直熬到妈妈他们打呼噜。妹妹的爸爸呼噜声特别大。听到他们的呼噜声，我知道他们已经睡熟了。我在妹妹爸爸的呼噜声里，蹑手蹑脚地进了他们房间。我偷了妈妈1000块钱，拿了她的手机。偷完后，我就悄悄出了家门。那夜，天上没有月亮，只有几颗稀疏的星星，我望了望，找到了我跟山花、猴子一起摘星星时那颗又亮又大的星星。现在，我知道了，那是启明星。然后，我坐了摩的去火车站。到火车站后，我买去深圳的票。售票小姐说："身份证?"真是百密一疏，我不知道坐火车要身份证，我的身份证夹在语文书里。我只好又坐摩的去长途汽车站。当时，害怕坐汽车也要身份证呢。运气好，刚到汽车站门口，有一班发往深圳最早的班车，正在喊客。我就上了车。售票的师傅问我："小朋友，去哪里?"

我说："去深圳。"

他又问："身份证呢。"

我撒谎说："没办。"

"没身份证，下去。"他凶神恶煞的样子。

"我去我爸爸那里，到时他会来车站接我的。叔叔你行行好。"

我就装哭。

卖票的叔叔看着是个小学生，与我们这里很多留守孩子一样，一旦寒暑假到来，都会坐车去广东，与父母短暂团聚。所以，他就没再跟我计较。

坐稳下来后，我发现自己出了一身汗。可能太紧张了。我从书包里把妈妈的手机拿出来，一看时间是凌晨 4 点。我怕妈妈发现后，会打电话过来，马上把手机关了。

车开动后，我松了一口气。坐在我旁边的是一位爷爷，他去深圳看孙子。没过多久，我就迷迷糊糊睡起来。还做了一个梦，梦见他粗大肉多的手抱着我，一边给我讲大灰狼的故事，一边喂我牛奶。我听着听着，流出了口水。昏昏沉沉中，旁边的爷爷把我叫醒。我醒来时，发现自己倒在那位爷爷的怀里睡了一路。爷爷真好。车要进市区了，透过车窗望去，全是高楼大厦，一栋比一栋高，街上的汽车一辆连着一辆，"车水马龙"的成语就是形容这个样子吧? 我一点也想不起七年前的样子了。那时，那么小，一切都是朦胧的，模糊的。这也是我预料的，哪能找到童年的记忆？

出站后，我找到一个街心公园，在一个亭子的石凳上坐下。我把妈妈手机打开，找到朱上为的电话号码拨过去。响了五六声后，一个苍老的声音传过来："哪个？"

"爸爸，爸爸，我是肖小涛，肖玉蓉的儿子。"我兴奋极了，我情不自禁地喊了爸爸，七年没喊了。

"谁？不认识！"

他把电话挂了，电话里只剩"嘟嘟"的声音。我的泪一下就滚了出来。我不甘心，又拨了过去，我期待再次听见那个苍老的声音。可是，直到电话铃声响完，那个苍老的声音也没再听见。我还是不死心，再拨，苍老的声音还是没有。再拨，这时响起了一个清脆美丽的女孩声音："您拨打的电话已关机。"我一屁股就坐到了地上。我怀着无限希望，谋划了大半个学期，千里迢迢跑过来，就希望在这个都市里，找到我梦中粗大肉多的大手，告诉小雅我是有父亲的人。可是，只听了一声"不认识"的苍老声音，梦就断了。

我看到街心公园旁边有一个超市，发现自己大半天没吃东西，也饿极了。我走进超市，提了一个篮子，把我喜欢吃的面包、酸奶、巧克力、薯片找齐，坐到电梯口吃了起来。看来这个超市管理不好，吃了两个面包、喝了三杯酸奶了，居然没人管。我提着篮子就往出口走。我看了一下，那里正好有一个保安。我就往他身边走去。他问我："购物小票呢？"

"没有。"我直接跟他说。

"没有付费，怎么走这里出去？这样算偷。"

"是的，我就是偷了。我没钱，你把我送派出所吧。"我声音大起来，好像我还有理。

"你这小屁孩，怎么回事？还真是偷？"

"是的，我是偷了。你没看见我已经吃了两个面包、喝了三杯酸奶了吗？"

"你这小屁孩，是在难为我吧？你留下来，我报派出所处理。"

我不跟保安争，我静静站在那里等他报警。周围围了很多大妈，一些大妈走近我，细细端详，有的大妈还叨唠说："一个小学生啊，不像小偷。"我一点也不害臊。

过了一会，派出所警察叔叔就来了，把我带到派出所。警察叔叔态度很好，他问我："这么小，怎么到超市偷东西呢。"

"我饿了。"

"饿了，也要付钱买东西。"

"没钱。"

"那你说怎么办？"

"你联系我爸爸。我爸爸来付钱。"

"你爸爸叫什么名字？联系电话是多少？在深圳吗？"

"我爸爸的名字叫朱上为，电话是138×××××××，在深圳，是个局长。你们给他打电话，让他来接我。"仿佛自己是一个年轻的老革命，心里有点得意。

"好吧，你在这里等着。"

过来三个小时，天都快黑了，我已不抱任何希望了。这时，那个警察叔叔叫我："小屁孩，有人来接你了。"我还真以为他来接我了，出来一看，是一个三十多岁的男子，年纪跟妈妈差不多。我一下就又失望了。他有点凶的眼光看着我，说："你怎么偷东西？这么小还学会讹诈人？没有办法，被你讹诈的人，身体不好，坐着轮椅走不了了。我帮你把罚款交了，给你买张火车票送你上车回去。"

"我没讹诈谁，我要见朱上为，他是我爸爸。"我声音大起来，有点像吼。

"根本就没有这个人！"那个男子声音也高起来。他不管我愿不愿意，帮我给警察叔叔赔了礼，道了歉，交了罚款，签完字。我就走出了派出所。这时，妈妈也赶到了派出所。妈妈看到我从派出所出来，一把抱着我痛哭。妈妈在我离家出走后，到派出所报了案。深圳这边派出所通知了我们县城的派出所。妈妈火急火燎地坐高铁到了深圳。妈妈哭得无比伤心。出来后，我看到派出所大门右侧的停车场，有一个秃顶、肥头大耳的人，坐在轮椅上远远地望着我们，刚才那个男子用手推着轮椅。我拿出妈妈的手机，以他为背景，一阵疯狂地自拍，一张微微笑的，一张张开嘴大笑的，一张伸出右手、做了一个"V"形的。那个坐在轮椅上秃顶、肥头大耳的人，在背景里隐隐约约，有点模糊，直至消失。我笑了，没有怨恨了，身边到处是鸟语花香，轻风吹过我的脸。我用手帮妈妈擦去泪痕，笑着说："妈妈，我们回家。"

蓝色妖姬

一

　　陈大军早晨不到 6 点就醒了，在床上眯着眼睛反复又想了想，觉得今天一定是一个奇妙旅行的开始。现在已经没有了前天那样的恐惧。虽然心里还有忐忑、纠结，但更多的是期待，迫切的期待。想着这个计划实现了，梦想就照进现实，人生就要改变轨迹。于是，他翻了翻身，用手搓了几下胡须，胡须粗渣渣，扎得手发痒。

　　他起来冲热水澡、洗头，一边搓着横飞的泡沫，一边南腔北调唱起："妹妹你坐船头，哥哥在岸上走。"音调从南京跑到了北京，在洗手间里嗡嗡回响。

　　一阵翻箱倒柜之后，他怎么也没找到一件像样的衬衣，最新的是两年前买的。经过一番挑选，挑了一件蓝底格子衬衣。然后，在头上喷了一点摩丝，把头发梳了梳，三七开。他照照镜子，衬衣有点皱皱巴巴，但穿在身上蛮有精神。不管怎样，今天要正式一点。他想。

上午9点，陈大军要去区民政局领结婚证。

他跟李小凤登记结婚。他与李小凤未曾谋面，有点古时候的味道，媒妁之言，与双方父母说好，直接拜堂成亲入洞房。他只是通过王百万加了她的微信，在微信里看了她的相片。当然，在王百万的手机里也看过她的相片，知道她个子不高，瓜子脸，单眼皮，短发，小巧玲珑，一个小鸟依人的主。

陈大军收拾妥当后，坐公交车直达区民政局。下公交车时，他看见李小凤已站在门口，穿一件红色连衣裙，身子左右晃动，眼睛向天空张望，像要寻找飞翔的鸟儿，腹部隆起，有六七个月的身孕了，有点像西瓜，又有点像篮球。陈大军滑稽地猜着她的肚子。

"你好，你是李小凤？我是陈大军，王总安排我来的。"

"嗯。"李小凤没拿正眼看他，只弱弱地回了一声。然后，她低着头，挺着肚子径直往办公楼里走，左手拿着 LV 包，像忧郁的公主。大红色 LV 包在光线的照射下，反射着红里透亮的光，分外耀眼。

陈大军默默地跟在后面，有点像女明星的男助理，脚步放得很慢，落地很轻，没有惊起一丝风，生怕惊动什么似的。

办公大楼一楼就是婚姻登记处。一块长条形木制标牌上，呆板地写着"婚姻登记处"几个黑色大字，"婚姻"两个字的"女"字旁都已掉落，透过斑驳痕迹尚能辨清，可见它已见过太多喜结连理的欢乐。办理登记的是一位胖大姐，她烫得波浪起伏的头发下，一张美容过度的脸，光鲜亮泽，但遮挡不住岁月无情雕刻的痕迹。她看到李小凤挺着大肚子，满脸严肃地说："肚子都搞大了，还来登记干吗？"

"对不起，大姐，我们不是故意的。"陈大军看到胖大姐一脸严肃，怕节外生枝，忙去接话，可是话一出口，明显词不达意。

"不是对不起我，是对不起你的女人。"胖大姐大声说话，嗓子好尖。

"是的，对不起她，也对不起你。"陈大军像做错事的孩子，态度诚恳，身子不由自主地往胖大姐办公桌前移了几步。

"是不是自愿来登记的？"胖大姐开始例行公事。

"嗯。"李小凤轻轻应了一下，声音还是低低的，从门缝里挤出的声音。她目光黯淡，情绪低落，与连衣裙的红色形成巨大的反差，右手时不时放在肚子上轻轻抚摸，好像孩子在踢肚皮。她轻轻抚摸肚子的瞬间，脸上滑过一丝笑意，犹如乌云密布的天空划过一道闪电。

"好吧，既然是自愿结婚，现在又有了孩子，要好好珍惜，过好日子，白头到老。"胖大姐把结婚证交给他俩。陈大军感到很亲切，像他母亲在他出门到省城读书时，嘱咐出门在外注意安全之类的神态。

李小凤缓慢伸出左手，左手无名指上戴着一枚鸽子蛋钻戒。鸽子蛋闪了闪光，猛烈地刺了一下陈大军的眼睛。李小凤接过结婚证，什么也没有说，依然低头走出办公楼，脸上挂了两行泪。

二

市场部老周上班时再次找到王百万，为了报账发票的事情，跟王百万吵起来。他有次请客户到 KTV 唱歌联络感情，开的餐费发票，王百万要他提供吃饭菜单，他拿不出来，那笔费用就一直不批。王百万是省里大型国企环球集团副总裁，管行政、财务，管公司 2000 多号员工吃喝拉撒、费用审批。他在公司领导排名最后一名，但掌握实权，公司上下无人敢得罪，董事长也让他几分。王百万本名不叫王百万，叫王有才，因为管钱、管物，所有开支报账要找他，是财神爷。所以，大家叫他王百万。

每个领导一般都有几名嫡系或得力干将，这是中国特色。领导出出进进得有人服务好、帮衬好。陈大军是王百万的嫡系。他是公司行政处科员，王百万下级的下级。四年前农大植保专业本科毕业，环球集团到农大招聘，他被王百万百里挑一，慧眼识珠，招到公司行政处。当时，王百万是行政处处长。据说有好几个同学父母托关系找到当时的公司领导，公司领导要王百万换人，王百万硬顶住，不肯换人。王百万跟领导说："陈大军学习成绩优秀，年年评上一等奖学金，他来自潇水河边，人单纯上进，没太多杂念，让人放心。"

陈大军进了环球集团。一个潇水河边渔村的孩子能够留在省城，而且是大型国企，做梦都没想到。他在大学只一门心思念书，如果不是因为家里穷，不会急于参加工作，还要攻读硕士、博士，将来做教授、专家，在大学或科研机构里做一名淡泊名利的人。可是，现实生活的压力，让他别无选择。那些所谓的梦也好，愿望也罢，只能留待将来的岁月实现了。自己没花一分钱谋到这么好的去处，同学们羡慕嫉妒恨。他懂得感恩，父亲从小就用"受人一点水，还人一桶油"这样朴素的道理，絮絮叨叨，无数次告诉他学会报答。因此，到公司上班后，他不仅把王百万当领导，更把他当恩人。王百万安排的工作，不管粗细，不管分内分外，他从不推辞，有些事情常常做在前头，蛮有心计。他每天早晨7点钟准时到公司，开始办公室工作序曲：搞卫生，打开水，整理文件、报纸。他首先帮王百万擦办公桌，整理文件，然后，倒上一杯黑茶。王百万八点钟踱着方步来时，办公室已整整洁洁，茶水热气腾腾。当然，这些都是办公室的勤杂小事，想成为王百万的心腹嫡系，需要千锤百炼。陈大军真炼了两次。有一次，王百万派陈大军到公司定点的印刷厂印包装材料，那次印了50万元包装盒。事后，印刷厂李厂长塞给陈大军一个大信封，里面全是"老人头"，李厂长硬塞到他裤子口袋。李厂长对他说："小陈，没事，你们王处长也有一份。"李厂长的手从他裤子口袋退出的瞬间，他的手跟着伸了进去，摸了摸，至少有1万，相当于三个月工资。他突然觉得嘴巴有点干燥，张口使劲咽了三次口水，依然感觉口干。见鬼了，他妈的钱就这么大的魔力？他在心里骂了一句。忽然，他感觉到王百万硕大的眼睛正躲在他不知道的地方盯着他，也许这是王百万故意设的一个局让他钻。他马上把信封拿出来，二话没说，拼命退给了李厂长，对李厂长说："莫乱讲，我什么都不知道。"弄得李厂长有点不好意思。

　　还有一次更是有惊无险。一个周五下班后，王百万带他去小贷公司吴董那里。小贷公司租了公司500平方米门面。说是小贷公司，其实是民间融资平台，隐蔽放高利贷。吴董请王百万在会所喝酒。吴董叫上张秘书作陪。王百万跟张秘书喝交杯酒，他的胸紧贴着张秘书的双峰，张秘书却依然一脸灿烂。但是，灿烂后面险象环生，一次连干八杯。陈大军感叹张秘书真厉害，被吴董训练得这么职业。王百万也要陈大军跟张秘书喝交杯酒，不知是陈大军缺乏经验紧张，还是张秘书的香水味太浓，陈大军右手勾着张秘书脖子时，酒杯没有拿稳，酒倒在张秘书的胸口上，张秘书的文胸露了尖尖角，陈大军一脸尴尬。王百万和吴董哈哈大笑。酒足饭饱后，王百万打着酒嗝说：“看着不如用着舒服。”吴董说：“行，到鸳鸯洗浴中心用用去。”三个人一前一后吆喝着去了鸳鸯洗浴中心。领班带来一群公主靓妹让三人挑。一人一个房间，分别挑了一个靓妹。王百万抱着靓妹就往她脸上啃，摇摇晃晃进了房间。陈大军也进了自己房间，接着一下就清醒了，以为王百万躲在旁边，他立即对靓妹说：“哥今天很疲劳，不要服务，这100块给你买零食。”他悄悄退了台，坐在鸳鸯洗浴中心门口的马路边，看着穿梭在迷幻夜色里过往的行人，自己也迷幻起来。大约过了半小时，他看到三辆警车停在对面快活林洗浴中心门口，下来十多个警察，快速冲了进去。他发现有险情，立即飞奔进入鸳鸯洗浴中心，急促地叫了王百万和吴董。“撤，快撤，有情况。”陈大军大声呼叫。王百万出来时，上衣都没穿，光着膀子冲出，从后门全身而退。“好险，好险！小陈不错，懂事，灵活，可以堪当大任，有发展前途。"吴董对陈大军赞扬有加。当晚鸳鸯洗浴中心和快活林洗浴中心都被查封，停业整顿。王百万和吴董唏嘘不已，感激陈大军拯救及时。当月王百万给陈大军评了"公司月度特别贡献奖"，发了1000元奖金。从那以后，王百万把陈大军当成嫡系，外面零星采购、订货，客户宴请、娱乐，他放心大胆地带陈大军参加。

活在当下真不容易。当今社会，其实就是由不同的圈圈组成。有的圈圈阳春白雪，有的圈圈下里巴人，有的圈圈利益交错纵横，讲不清道不明，有不同的精彩和跌宕起伏的传奇。但只要进入圈圈，就会有圈圈的恩泽、实惠。陈大军入了王百万的圈圈，王百万尽量给他恩泽与实惠。公司单身公寓分配，陈大军论条件不能分到一居室，王百万找到董事长私下里特批，给他弄了一套26平方米的。陈大军从公司集体宿舍搬进一居室时，觉得在省城终于扎下根，可以生根发芽开花了。搬进去当晚，他做了一个梦，梦见他母亲在洗手间里给他的儿子洗澡，他在梦里笑开了花，乱七八糟，稀奇古怪。不管怎样，小小蜗居盛满了他的知足。陈大军第一次谈恋爱，也是王百万当的红娘。王百万把公司食堂赵师傅千金赵菲菲介绍给他。姑娘刚从职院毕业，学服装设计的，个子高挑，有点婴儿肥，头发自然卷，染了浅红色，像个洋娃娃。王百万跟赵师傅说："大军不错，科班毕业，人勤快，将来有前途。"赵师傅满口答应。当天晚上，在食堂小包厢搞了一桌，王百万亲自出面作陪，赵师傅、赵师傅老婆、赵菲菲和陈大军参加。赵菲菲看到陈大军有点土气，但土里透着灵气，举止有分寸，答应交往交往。交往三个月后，赵菲菲跟他老爸哭诉，闹着不再与陈大军交往。她说，陈大军太不浪漫了，交往三个月连她的手都没牵，别说拥抱接吻了。人家交往三天就上床，交往三个月说不定还怀孕了呢。陈大军这段初恋就这么断了。

三

王百万认识李小凤纯属偶然，有点蹊跷。两年前的一个夏夜，太阳神健康管理公司熊总请王百万在万家灯火酒楼吃饭。熊总是这里的常客。他俩刚在 888 包厢落座，李小凤像鸟儿一样飞了进去，帮熊总点了几个特色菜：霸王别姬、龙凤汤、剁椒鱼头、宁乡花猪肉，还点了花生米、香菜根两个凉菜。熊总还要继续点，李小凤劝熊总："两个人，别浪费了，现在提倡光盘行动，够了够了。"神态像自己是当家人，而有的服务员总希望客人多点菜，推荐给客人的也选最贵的菜品。熊总只好作罢。王百万看在眼里。他发现李小凤温婉小巧，设身处地为他人着想，瞬间就有了好感，还开玩笑说："熊总没女朋友，愿意做他女朋友吗？"李小凤给他抛了个媚眼。

"王总真会开玩笑，熊总可是女朋友成群，我高攀不上咯。"她笑盈盈的。

"熊总、王总，这么晚才忙完，肯定累了，给你们推荐一款酒，不贵，口感好，还可解乏补肾。"李小凤善解人意，推荐酒水亦不赤裸裸，不让人讨厌。

"好啊，么子好酒？"王百万问道。

"永州异蛇酒，用永州的异蛇泡制一年时间而成。永州之野产异蛇，黑质而白章。柳宗元写过的。"李小凤答道。

"你等下来陪我俩喝几杯，我们就喝这酒。"王百万提要求。

"没问题。"李小凤爽快，风一样迅速地到吧台拿来两瓶。

不一会，上了三个菜，熊总跟王百万几杯下肚，觉得缺点气氛，熊总对包厢里的服务员说："快去叫李小凤美女过来喝酒。"服务员把李小凤叫了过去。李小凤紧挨着王百万坐下，倒上一杯酒对熊总说："小凤敬熊总一杯，祝熊总生意兴隆，美女如云。"然后，两个手指头夹着酒杯，仰头一倒，优雅地干了，非常清爽干练，两座小山峰挺了挺。王百万坐在旁边，眼睛有点放光。敬了熊总之后，她又倒上满满一杯，站起来敬王百万。

"王总，今晚您是贵宾，我借这杯酒，祝您天天向上，夜夜新郎。"

"小李真会说话，你讲的就是我想的，贴心暖心，善解人意，比这异蛇酒还要醉人。"王百万一边答话，一边用发光的眼神射她。两人干了一杯后，王百万回敬她："有缘千里来相会，搞三杯一小组，加深加深印象如何？"

"领导在上，我在下，你说几下就几下。"李小凤耍了点野性。

王百万万万没想到眼前的小女子，竟如此大胆而又野性。他的心怦怦加速跳起来。

你来我往，三杯两盏，两瓶酒全部解决。熊总被整趴了，到洗手间呕了三次，他的司机过来把他背走了。王百万走路摇摇晃

晃，豪言壮语，但他临别也不忘存下李小凤电话，加了微信。李
小凤满脸红晕，醉态中带着羞涩。李小凤叫来出租车，把他送上
车。他紧握着李小凤的手不放，吐词含混地说："多联系，多联
系。"李小凤强行把他塞进车里。

　　第二天清晨，微信"滴"的声音，把李小凤吵醒，睡眼蒙眬
地看到王百万给她发了一个笑脸。她回了一个笑脸。接着，又是
急促的两声"滴滴"，王百万给她接连发了一枝玫瑰，一个拥抱。
她觉得无聊，随意给王百万回了一杯茶，又蒙头继续睡。待她再
次醒来时，已到上午十点半。她翻看微信，王百万给她发了三枝
玫瑰、四个拥抱，留了一句话："永州异蛇酒好，准备让公司进
一点，看你啦——"看到王百万的留言，她浑身充满力量，一个
潜在的金主、大客户可以让她去挑战。开发成功了，这个月的业
绩和提成就有了保障。但那个长长的破折号，像王百万直直的、
贪吃的眼光，有点意味深长。她给王百万发了一个拥抱，发了一
个勾引的图样，过了五秒，收到王百万垂涎三尺的笑脸。接着，
王百万约她在芝兰咖啡馆见面喝咖啡详谈。过了一周，公司食堂
买了 5 万块的永州异蛇酒，作为公司的接待用酒。

　　王百万再次跟李小凤在芝兰咖啡馆包厢里见面，应该是十天
后。他带了一个大红色 LV 女包。他让李小凤试着提一提。李小
凤提着 LV 包，城市白领丽人的高贵气质和形象瞬间就展现出来。
王百万趁她沉醉时，从后面抱住她。她顺势扭过头来，樱桃小嘴
一下就堵住他的大嘴唇，舌头小蛇一样游荡搅着他。王百万洪水
决堤，波涛汹涌，气势汹汹，把她吞并了，淹没了，她像大海里

的一叶小舟被汹涌的潮水冲到礁石上，撞来撞去，无力抗争。过了半年，王百万给李小凤在梅园买了一套 80 平方米的两居室。梅园是高级公寓，住的都是金融行业、外资企业的白领。李小凤成了王百万的女朋友。女朋友，一个可以宽泛解释的词汇，可以多解，既可是异性朋友，也可为忘年交，但王百万更认为是一湾清澈沁人心脾的甘泉，让他不能自已，激发了他很久不见的激情。

其实，王百万已是知天命之人，早过了激情澎湃的时光。夫人是枫树小学校长宋蓉。她性格泼辣，一个要强的女人。王百万不叫她宋蓉，喊她宋校长。宋校长每天在学校围着孩子们转，当孩子王，全身上下堆满童心。他们的宝贝女儿在北大读大三。王百万晚上常在外应酬，回到家时宋校长一般也没归屋。他常在客厅的沙发上睡到宋校长回家，时不时呕一地。宋校长就经常在骂声里收拾残局："能不能少喝一点马尿，看你这鬼样子，哪天会喝死。"

跟李小凤交朋友了，王百万喝酒开始克制，不到万不得已再不会冲锋陷阵，一醉方休，倒是回家比宋校长晚多了，一般晚上十二点钟才回。他跟李小凤在一起，活力四射，多姿多彩，像水手，又像猎人。每天下班，急急地让司机送到离梅园一公里远的地方，然后跟司机说，自己走路，锻炼锻炼身体。时间长了，司机习惯成自然，下班根本不问他去哪儿，一脚油门汽车直往梅园方向开，有几次本要去别处应酬，司机因开错方向而挨骂。

王百万心里藏着一个秘密。他们家三代单传。他跟宋校长结婚时，老父亲期待他生个大孙子，传宗接代，光宗耀祖，结果生了个闺女。闺女已芳龄二十了，老父亲 20 年没进他家门，宋校长现在还跟老父亲水火不容。现在，总算逮着了机会。有天晚上，他跟李小凤一番云雨后，李小凤头靠在他胸口上，他用手抚摸着李小凤的玉背，半开玩笑、半认真地讲："小凤，给我生个胖小子？"

"只要你负责，别说生一个，就是生一双也行。"李小凤跟王百万交往一年了，她早就把王百万当老公了。为了老公，怎么付出都愿意。李小凤干脆利落，一点也不含糊。她还要王百万少抽烟、戒酒。王百万紧紧抱着她，又办了一次。大半年后，终于播下了种子。在她怀上三个月时，王百万找了家私立医院，花了 2 万块做 B 超，确认是男孩儿。王百万捧着化验单，悲喜交加。

四

深夜了。一身疲惫不堪的王百万悄悄开门进入家里。宋校长穿着他去年从香港带回来的睡衣，落寞地坐在沙发上，茶几上点着一支蜡烛，烛光微弱闪烁，两个红酒杯分别盛了一点红酒，守着宋校长此时的寂寞。

"老王，今天什么日子？"宋校长温柔地问。

"哎，什么日子这么温馨？"他一头雾水。

"今天是我们结婚 25 周年纪念日，这个日子都忘了？"宋校长有点不快。

"哦，对不起对不起，忙晕了，那好好庆祝一下。"他放下公文包，走到宋校长身边。一只手端起酒杯递给宋校长，另一只手端起酒杯跟宋校长碰杯。

"祝校长永葆青春。"

"我不想听这句话。"

"想听什么？"

"你想想。"

"那祝宋校长工作干心顺利。"

"怎么像在跟一个客户打官腔？"宋校长生气了。眼前这个男人让她感到越来越陌生，每天早出晚归，老婆所思所想跟他隔了十万八千里，回到家里不是睡得像死猪，就像狗一样吐一地。"你真不知道我想听哪句话？"宋校长不甘心地再问。王百万疑惑地望着她。"算了吧，我们喝几杯。"宋校长不再纠缠。然后，他俩沉闷地喝了四杯，两人都觉得索然无味，彼此应付着。喝完最后一杯，宋校长躺在他怀里温存了一会。"老王，去洗洗吧，我们很久没在一起了。"等到宋校长洗漱完走进卧室时，他已经有节奏地打起了呼噜。如果在往常宋校长一定会轻手轻脚躺在床上，敷上面膜，做做美容。可是，今晚，她憋着一股气，这股气不但还没消退，反而让她身体里燃着一团火。王百万很久没管这团火了。她钻进被窝抱着王百万，用手在他胳肢窝里挠了几下。王百万怕痒，两下就醒了。他睁开眼，发现抱着自己的宋校长一丝不挂。他就努力唤起春心，可他总感觉穿行在荒山野岭，在戈壁滩沙漠里迷了路，没有令人激动的美景，折腾很长时间，出了一身虚汗，没有唤来春风。

　　之后，王百万常常深夜不归，节假日也以各种理由外出，悄悄跑到梅园。宋校长有了疑心。一个周六的早晨，王百万正要出门，宋校长叫住了他。

　　"老王，好久没陪我过周末了。"

　　"公司事情多，加班处理事情，新来的董事长要求高，很难伺候。"

　　"不是吧？是不是外面有女人了？"

　　"没有。哪来的女人？"

　　"不要骗我。现在抓得紧，不要一世英名毁于一旦。"

　　"放心，没有的事。"

　　"那今天陪我去月湖公园走走，我们好久没逛逛公园了。"

　　没有办法，怕宋校长继续纠缠，王百万只好硬着头皮陪宋校长逛月湖公园。公园里，他看到人家孩子在草地上奔跑、嬉戏，似乎看到自己儿子在活蹦乱跳，眼神里流露出关爱、羡慕。宋校长让他用手机帮她拍照，他看到手机相框里全是李小凤，差一点喊错名字。他走神了一整个上午。

　　大约过了一个月，宋校长终于爆发了。

　　宋校长依然在一个深夜等他回家。王百万进家门后，宋校长告诉他，今天微信收到一个很好看的视频，让他过来一起看看。王百万好奇地凑过去，以为是毛片。宋校长熟练地打开微信，点开视频。王百万的脸一下就苍白了，一把抱住宋校长。宋校长用力地把他推开。视频里记录了他近十五天到梅园的轨迹，他在哪里下车、梅园房子门牌号等拍得清清楚楚，详细得像纪录片。铁证面前，他低着头，无声等待宋校长宣判。

原来宋校长的童心里有时还带着狠劲。这个月，宋校长不露声色，照样忙着学校的事情，照样早出晚归。这一切均是假象，她真沉得住气。她花 8000 块请了一个私人侦探，跟踪王百万 20 天。跟踪王百万，何其简单。他的行踪除了偶尔在公司食堂接待领导或外出应酬，其他大部分时间就是三点一线活动，早晨从家里出发到公司，下午下班从公司到梅园，晚上 12 点左右从梅园回家。

"老王，想不想要这个家？"

"想。"

"想不想离婚？"

"不想。"

"想不想保住位子？"

"想。"

"那怎么处理与那个女孩的关系？"

"分开。"

"怎么分开？"

"一刀两断。"

"做得到吗？"

"给我时间。"

"不行，限一周时间，必须跟这个女孩分开，不能藕断丝连。要想让我相信，就拿她跟别人的结婚证给我验证。不然，我马上把这些视频交给纪委，看看等待你的是什么结果？"

"宋校长，千万别这样，家丑不能外扬，如果你往纪委反映，那就免职，不完了？按照你的要求，跟她一刀两断。"

宋校长掐着王百万的七寸，不作任何让步，决绝而又坚定，不给任何选择机会，不给任何想象空间。王百万在宋校长的威胁面前，纵有千般不舍万般不愿，也只能妥协，只能退让，不然就只会鱼死网破。这样，一场可能是惊心动魄、斗智斗勇、磨人心智的持久战，在宋校长技艺高超的猛烈进攻下，他三下五除二地就一溃千里。宋校长悄无声息，不费一颗子弹果断拿下，不像有的女人一哭二闹三上吊，纷纷扬扬，最终成了祥林嫂。

王百万翻来覆去，一夜未眠，构思了一个缓兵之计。他不能也不甘心完全溃败。

王百万找到陈大军。陈大军到他办公室后，他把办公室门反锁起来。

"王总，有什么指示？"

"大军，我遇到天大的困难了。"

"什么困难能够难住王总？"

"怎么说呢？男人的事情。"

"什么男人的事情？"

"你真不懂？"

"不懂。"

"哎，我外面有个叫李小凤的女朋友，被宋校长发现了。女朋友现在怀孕了六个月，是个男孩。我们家三代单传。老父亲为要个孙子传宗接代，跟宋校长 20 年都不往来。"

"哦，怎么这么不小心啊？怎么能帮你？"

"宋校长要李小凤一周内跟别人结婚，拿结婚证给她验证。这不是无理、霸蛮的要求吗？要不然就到纪委告状。告到纪委去了，我的职务就会被免。免了，哪有机会再关照你？"

"是啊，千万不要这样。你跟宋校长说好没有？你爬到这个位子多不容易啊。"

"所以，我信任你，在公司里只跟你说，请你来帮这个忙。"

"感谢王总信任。只要能尽绵薄之力，一定挺身而出。"

"真需要你挺身而出了。你愿意吗？"

"怎么挺身而出？"

"你跟李小凤去办结婚登记手续，假结婚。手续办好后，你就住到她那里去，也顺便帮我照顾她，等她把孩子生出来。但不能爱上她，更不能发生关系。一年后你俩离婚，我付你 100 万，算你一年的酬金。有 100 万，找什么样的姑娘都有资本了。"

王百万说这段话时，眼睛死死盯着陈大军，生怕他拒绝。陈大军现在是他唯一的救命稻草。陈大军听得一身发抖，充满恐惧。没想到王百万交给他如此沉重而又难以把握、难以完成的任务。这样的情景，只有在电视剧里看过，革命战争年代两个年轻人假冒夫妻，为了革命事业而住在一个屋檐下。我们现在是什么年代了，还这样？这太突然了，自己谈恋爱也才短暂的一次，就要挺身而出，帮人家顶包，跟人家假结婚，还要马上生孩子做父亲，将来怎么面对父母，怎么面对同事？陈大军胸口压得慌，呼吸急促，喘不过气来。可是，陈大军到公司行政处快四年了，每天忙一些勤杂事务，没有任何挑战，温吞水似的按部就班，早已让他心生厌倦。他想像大鹏那样鹏程千里，像雄鹰那样展翅翱翔，想出去创业，想出去闯荡，在市场竞争的海洋里遨游，打拼一份自己的事业，可哪来创业资本？现在每个月工资不到 3500元，还要寄一半给父母。一周前，父亲在县城打工，被车撞得大腿骨折，肇事车跑了，他找同学借了一圈才凑满 2 万元，让父亲在县医院做手术。王总一年后付 100 万，这么大一笔钱，自己在公司拿工资要多少年啊？反正就一年时间，一年赚 100 万，只是出一个名，也没损失什么，有什么关系？将来拿着 100 万，给家里 10 万，自己留 90 万创业，可以干一番大事。陈大军短时间紧张激烈斗争着，痛苦与矛盾让他大冒冷汗。

"既然王总这样信任，我答应你。但你先给我 5 万，我家里出了一点事需要急用。你还要跟李小凤说好，她也要愿意啊。"

"谢谢你，太谢谢你了！我没看错人。今天晚上就去她那说好，你们后天去区民政局登记。5 万块钱，今天下午给你。"

王百万如释重负，点上一支烟，喘了几口粗气，吐出的圈圈飘了起来。

陈大军不知道是怎么走出办公室的。下午下班后，独自一人走到湘江边，漫无目的，望着湘江北去，江面船帆点点，忙忙碌碌，一些水鸟高高低低地自由飞来飞去。他想对着江风大声呐喊，大声呼唤，终究没喊出声来，而是用脚不断踢着路上的小石子。夜幕降下来，暧昧地笼罩城市的轮廓，他像一个游荡的外人。

五

华灯初上，夜风习习。大街上行色匆匆，车水马龙，红尘滚滚。省城是不夜城，夜晚亦躁动如白昼。王百万带着陈大军，一前一后融入滚滚人流如一对父子。王百万送他去梅园。李小凤打开门，紧紧抱住王百万，用左手不停捶打他的胸口，低低地哭诉："你要管我们娘俩，你不能丢下不管啊。"陈大军尴尬地站在门外。她对陈大军视而不见。

"你放心，我会负责的。大军今天住过来，以后有什么事情让大军带个话，方便时我会来看你。安心养胎，把我儿子健健康康生出来。"王百万搂着她坐到沙发上，眼角有点湿润。然后又说："大军来了，会像哥哥或保镖一样护着你，大军蛮靠谱的。"再对陈大军说："大军，你住另外一个房间，拜托帮我细心照料她，我会守信兑现承诺的。"

"王总放心，我会像照顾妹妹一样照顾她。"陈大军站在一边木木地说。他心里虽早有准备，但真要面对了，一时五味杂陈。将来究竟怎样与这个陌生女孩相处，真是一个让他头疼的问题。看到李小凤如此伤心，王百万老泪纵横，他情绪也一下低落下去，甚至同情他俩。

李小凤依偎在王百万怀里，什么也没说，王百万轻轻拍着她的后背。李小凤情绪逐渐平复。王百万在她脸上吻了吻，起身准备离开。王百万没有回头，随手"砰"的一声重重关上了门。李小凤随关门声簌簌落泪。陈大军听到她落泪的声音比关门声还要大。

一对陌生男女，一夜无话。

李小凤静静躺在客厅的沙发上，继续悲戚，像蜷曲的伤心猫。

屋里静寂沉闷，压抑得快要爆炸。陈大军在客厅里走了走，看到房子新装修的，简洁温馨，墙上挂了几幅李小凤与王百万的合影，王百万照片里比实际年龄年轻许多，但露着青春无法返回的尾巴，怎么看都像李小凤的父亲。然后，他轻轻地走到另一间卧室，把床铺整理好，上了趟卫生间，洗漱完后跟李小凤道了晚安，关门休息。半夜里，他突然听到李小凤喊："你不要走——不要抛弃我——"喊声撕心裂肺，好像把深夜撕开了一个血口。

他一骨碌爬起来，披件外衣走出房间。李小凤房门关着。他静静地站在她房门口，用耳朵贴着门，一会儿听到轻微的鼾声。陈大军猜想，也许是李小凤做噩梦了，她在梦中呼喊，那是她内心的呼喊。

陈大军在梅园沉闷地住了一周。在一个陌生女孩家里演绎着怪异的角色，度夜如年。有时睡不着，望着天花板胡思乱想，天马行空。有时他想跟王百万说终止合作算了，快要崩溃了，坚持不住了，这样下去，也许会疯掉，他欲放弃；有时又想着100万白花花的钞票，要怎么去花，才可以创建自己的事业；甚至有时还想将来自己发达了，有钱了，结婚成家后是否像王百万一样在外面养个小女人。他连续几晚睡眠严重不足，第二天上班无精打采。等到第十天晚上，陈大军实在憋不住了，他就跟李小凤说：

"跟你商量一下，以后晚上 12 点，如果你睡了，我回到自己家里睡，行不行？"

"不行，你是王总安排来照料我的，怎么中途离开？你答应了王总的，你就当自己是男保姆，要服侍好我。快去，给我泡杯蜂蜜水。"

陈大军极不情愿地走进厨房，给李小凤泡了一杯蜂蜜水。李小凤尝了一口，说："太甜了，蜂蜜少放点，重新倒一杯。"陈大军把杯里的水倒了，重新又泡一杯。她喝了一小口，又说："太烫了，帮我吹凉一点。"她把陈大军真当男保姆了。陈大军接过杯子，重重地放在茶几上，闷头地说："爱喝不喝，真把我当男佣啊？"李小凤立即就哭起来，拿起手机要给王百万打电话。陈大军见状，上去抢了她的手机，大声说："你不要给王总添乱了，这个时候不要给王总再打电话。你会害了他。"李小凤的哭声反而停止了。陈大军随后又轻声说："让我慢慢适应吧。"

陈大军忍耐着，权当兼职了一份工作。事实上，也确实是一份报酬丰厚、极具诱惑的工作。他把李小凤当作客户，把客户服务好，到期收钱。他甚至拿坐牢来比较，一年只有 365 天，熬一天就少一天，但比坐牢自由，白天上班可以自由活动，晚上咬牙顶一顶，睡几觉，做几个梦，一晃就能过去，像马拉松长跑顶过了呼吸与体能的极限，后面就是一马平川，轻松怡人。陈大军慢慢就看开了，敞亮了。跟李小凤的话逐渐多了起来，对她和肚子里的孩子也关心一些。他在办公室无聊时，居然在网上搜索孕妇起居的注意事项，孕妇需要吃哪些食品和水果，补充哪些营养，还顺便查看了孕妇是否可以房事，房事是否影响胎儿健康。有次，他还专门打电话给一个已结婚生崽的女同学，问她孕妇早餐吃什么好，吃什么可以让胎儿头发更黑、皮肤更好。李小凤在房间里偷听着，用手捂着嘴巴笑。陈大军把在网上看的、同学那里问到的一一记录下来，买了很多孕妇食品，比如牛奶、钙片、龟胶、苹果、核桃、红枣等。陈大军住满一个月那天，他特地提前回去两个小时，到超市买了一只湘南山黄鸡。回到家，他系上围裙在厨房里鼓捣，哎呀一声，他不小心被刀划伤了左手食指。李小凤听到声音跑进厨房，看到他食指开始流血，她又快速到茶几抽屉里翻出创口贴，拿起陈大军的手轻柔地包扎起来，心疼地说："怎么不小心一点呢？"她拿起陈大军手时，陈大军感到她的手柔软细嫩，身体像过电流般麻酥了一下。处理完后，他开始对着菜谱，给李小凤做了干蒸土鸡。黄嫩的鸡肉，清亮的鸡汤，浓浓的香味，李小凤胃口大开，几乎吃完大半只鸡。吃完后，她开起玩笑："陈大军，你这样专心，将来自己妻子怀孕了，经验就丰富了。感谢我给你这个学习机会吧？"

陈大军呵呵几声，没有多讲。他这样做，只是想让度夜如年的感觉淡一些，所以试着跟李小凤交朋友，不能处成简单的客户关系。时间过得就会快起来，心情也愉悦起来了。

晚上 11 点多，李小凤、陈大军都睡了。王百万不知跟哪个领导喝完酒，酒气熏天地来了，进了门就抱着李小凤，摸她的大肚子。陈大军见状，转身马上进了房间。王百万放开李小凤，跟了进去。到了房间，用手摸了摸被子，对陈大军说："被窝是热的。"他又跑到李小凤房间，摸了摸被子，说道："这个被窝也是热的，我放心了。"之后，他走到客厅，又抱着李小凤坐了下来，用手摸她肚子，用耳朵贴着她肚皮听。

"大军来，给我与小凤分别削一个香梨。"王百万吩咐。

陈大军慢慢地削了香梨，递给王百万。王百万将香梨喂给李小凤，李小凤娇滴滴说："老公，你吃，我不吃。"

"大军，好好干，我不但兑现承诺，还准备马上提拔你。"王百万声音亢奋。

陈大军退回房间，熄灯躺在床上，黑暗里弥漫着羞辱。

六

时光复归平静地过了一个多月。一天上午，王百万被省纪委从公司改制动员会会场主席台上带走了。公司中层以上干部、员工代表近百人目睹他从会场消失，一时会场炸了锅。董事长停止作报告，中途宣布了省纪委对王百万涉嫌贪污、受贿等严重违纪事宜，接受组织调查。王百万被纪委带走的消息，像流行病毒一样，快速地在公司上下扩散。陈大军得知这个突然的消息后，像一只泄气的皮球，瘫坐在办公室椅子上，呆若木鸡。他知道，只要被纪委带走，没有几个能完好回来的，事情调查清楚后，都会移交司法机关，迟早被判了，只是报刑时间长短不同而已。可是，王百万不能这样一走了之啊，还有李小凤和他快要出生的儿子，还有与我陈大军的约定，100万啊。我又怎样来告诉李小凤呢？陈大军思绪纷乱，身上像压了千斤重的铅球，一时动弹不得，出气不得，一汩一汩冷汗直冒。

下班后，陈大军拖着沉重如泥的脚步，在夜色里慢慢移进梅园。

"王总今天上午告诉我，组织上派他到非洲援外，估计要一年多才回来。让我好好照顾你。"陈大军撒了个弥天大谎。

"那他为什么不在走之前来看看我？是不是想甩我？"李小凤非常敏感。

"可能临时决定吧。"

"但愿他不会这么没良心。"

陈大军看到李小凤没再多想，他拿起水果刀，削了一个苹果递给李小凤，心里默默念叨：希望他平安，希望她也平安。三天后，李小凤没有了平安。她被组织请去协助调查。陈大军想撒谎保护李小凤，但没想到她也牵扯进去了。王百万交代，梅园的房子是印刷厂李厂长送的，她手上的鸽子蛋钻戒是小贷公司吴董买的。房子要收缴，鸽子蛋也要收缴。李小凤从协助调查的现场，被直接送进了产房。她被惊吓得要早产了。

陈大军赶到医院时，护士长递给他一张交款单，上面写着预交2万，陈大军看傻了眼。好在上次王百万给了5万，还了父亲治腿借的2万，还余3万。他匆匆忙忙把钱交了，坐在产房外等候。后来，护士长又出来对他说："你老婆太小巧了，胎儿太大，顺产很困难，动手术吧。"让他在家属栏签字。他没多想，快速签上"陈大军"三个字。过了一阵,"哇"的一声,助产士抱出个大小子来。"恭喜恭喜,一个胖小子,母子平安。"助产士把孩子递给他,让他看看自己的宝宝。他一时没有反应过来,助产士抱着孩子再次往他怀里送时,他才说:"谢谢,谢谢!"把孩子抱过来,看了几眼,感觉比大学的书籍要沉一点。

李小凤麻药醒来时,已是傍晚时分。病房里亮着昏暗的灯光。她睁开疲惫的双眼,看到陈大军坐在病床旁,眼泪唰唰直滚,伴着隐隐的哼声。

"一个胖小子,已经放到婴儿保育室去了。你刚做完手术,不要太伤心。"陈大军强装笑颜。

李小凤没力气说话,只默默流泪,用无助的眼光看着他。

第二天早晨,医生查房,检查李小凤手术伤口,护士送来了宝宝。李小凤睡在床上,一只手搂着宝宝,她的脸深深贴进宝宝的襁褓,脸上露出了一丝苦笑。然后,把宝宝放在身旁。不到一分钟,宝宝闭着眼睛大哭起来。护士进来说:"宝宝饿了,要喂奶,今天医院准备了,明天要吃母乳。孩子妈妈如没奶,就要催奶。我们这里有专门的催奶器卖,买个催奶器,孩子爸爸帮着把奶催出来。"

陈大军听得脸红。他跟李小凤相处这么长时间,遵照与王百万的约定,守着底线,不越雷池半步,平时削水果递给李小凤都十分注意,不与她有肌肤接触。

次日,李小凤没来奶水,按照护士的建议,他买了催奶器,但他以不晓得操作为由,请一个护士帮忙催奶。护士非常熟练,不到一分钟就把奶水吸出来了。护士叫他赶快拿盛奶瓶子接。他靠近李小凤递奶瓶时，猛地看见了她鼓胀的、白白嫩嫩的双乳，骄傲地挺拔着，葡萄一样大的乳头流着奶水。他马上转过头去，脸色绯红。

李小凤奶水足，宝宝吃了睡，醒了吃，不吵事。而李小凤经常喂着喂着就哭，有时出声，有时忍着，泪水像她的奶水一样流满一脸。护士长看到了，好心提醒陈大军。

"孩子爸爸，不要让你老婆坐月子伤心流泪哦。女人在月子期间敏感脆弱，你要多关心她，多细心照顾她，不然会得抑郁症的。"

陈大军趁没外人的机会，小声地跟李小凤说："不要伤心了，王总人已经进去了，听天由命吧。你房子被收走了，住到我那去吧。出院后，我把我妈接来带孩子。我有工资，可以养你娘俩。"李小凤望着陈大军，眼里满含感激。

李小凤在医院住了七天。出院了，带着孩子住到陈大军的一居室。陈大军把母亲接过来带孩子。李小凤和孩子睡卧室，客厅的一角放一张高低铺。他母亲睡下铺，陈大军睡上铺。他母亲来后埋怨陈大军说，在外找媳妇悄悄结了婚，还生崽了，才告诉家里。家里再穷，也要办几桌，叫上亲戚们热闹热闹。陈大军说，以后条件好了，回去补办。李小凤在旁听着，没吱声，装着给孩子喂奶。有一次，看到母亲在洗手间里帮孩子洗澡，他想起了刚搬过来时那晚做的梦，觉得真是荒唐。

七

环球集团正推进公司改制，对部分员工身份置换，员工身份置换后下岗分流。说身份置换，其实就是用钱买断员工工龄，解除员工的全民合同制身份，员工面向市场就业。很多员工不愿意。一夜之间，曾经引以为荣的全民身份没了，生老病死哪个管？而且有些员工是花钱找关系调进去的，在公司上班拿到的工资还不足以抵消请客送礼花的费用。因此，有些员工私下串联，准备到省政府上访。市场部老周找到陈大军，对他说："大军，你帮王百万这个腐败分子顶着包，那娘俩吃喝拉撒要的是钱，你买断下岗了，以后怎么办？"

"谁说我顶王百万的包了？我跟李小凤是自由恋爱，那崽是老子的骨肉。"他没等老周把话说完，一拳就打到老周的脸上，准备打第二拳时，被办公室老杜拖住了，老周趁机跑了。在公司如果谁拿这个事情刺激他，他就跟谁急。后来，公司上下虽然都知道这个不是秘密的秘密，但大家只有他不在场时闲聊说说，不敢当面触碰他炸药一样的马蜂窝。

其实，陈大军也很尴尬，面对同事怪异的眼神，心存芥蒂，内心深处的隐痛就算无人触及，也藏在那里。他需要换个环境，换个活法。同时，生活压力山大。李小凤娘俩、母亲，一家四口张嘴都要钱，自己每个月工资只有3500元，维持基本的温饱已是越来越困难了。按公司的改制政策，他算了一下大概可以拿到 8

万。对他来说,这是救人于水火之中的救命钱。公司启动改制后,他早就打好了自己的小算盘,恨不得马上把钱发到手里。

身份置换手续办完,把买断工龄等乱七八糟的各种钱算起来,陈大军总共拿到 84800 元。回到家,悄悄给了母亲 800 元零用钱,给了李小凤 2 万,自己留了 64000 元。他跟李小凤说:"先给你 2 万,作为我们的生活费,要保证孩子的奶粉、营养品之类的,余下 64000 元,我准备到郊区租 8 亩地种花。现在城里人生活水平提高了,鲜花的消费越来越多。前一段,我调研了一下,有一种叫蓝色妖姬的玫瑰特别走俏,都是从昆明或者荷兰进来的,我们这里气候条件、土壤,其实也可以种植。"

"大军,你看准了,就去闯吧,只是我们拖累你了。"李小凤经过这段风雨以及风雨中得到他无私地支撑、照顾,她对他已是满满的信任和依赖。

陈大军到郊区芳村租好 8 亩地,租金每亩每年 100 块。

在回家的公交车上,陈大军遇到公司食堂赵师傅。赵师傅告诉他,自己已办内退了,赵菲菲嫁给了一个包工头,王百万贪腐、受贿一共 300 多万元,判了 8 年。陈大军听到王百万被判了 8 年,原来的梦想彻底破灭。其实,他在王百万被抓后,就已预感到是这样的结局,也早放弃了那个可笑的发财梦,靠天靠地不如靠自己。只是他妈的王百万留给了自己一个沉重的烂摊子,这是他从来没有想过要面对的。既然生活的浪潮把自己推到了风口浪尖,就拿出潇水河渔民搏击风浪的天分勇敢出击。陈大军变得义无反顾。回到家,他轻描淡写地跟李小凤说:"王百万的事情,听同事讲，判了 8 年。"李小凤当时抱着孩子在喂奶，她先是一怔，望着陈大军，脸上有几朵乌云，但没再落泪，也没问话，也许她认命了。陈大军凑着说："不管怎样，先跟着我吧，有我吃的，就一定有你娘俩吃的，我会把孩子当成自己的崽。"李小凤用力地点了几下头，泪水又奔涌出来。

陈大军想在去昆明买花种之前，把李小凤、孩子的户口到派出所办好。他与李小凤商量好，孩子大名叫陈帅，小名叫狗狗。大名是按他的意思，自己名叫大军，儿子将来做元帅；小名是按他母亲的意思，小名贱一点，狗啊猫啊的好养。陈大军到派出所办好李小凤和儿子落户，当晚坐火车去昆明买花种。

到达昆明火车站已是凌晨 2 点。他就着朦胧的灯光，在火车站附近找到旅馆，问第一家要 200 元一晚，陈大军觉得有点贵，又找了一家 100 元的旅馆住下。他的旅行包里带了 3 万元现金，睡觉时把旅行包放在枕头下睡着。20 多个小时坐火车一路颠簸，很快就入了梦想。睡梦中，隐约感到有人在慢慢扯他的旅行包，睁开眼一看，有一个黑影正在床边。他一骨碌爬起来，大声喊："你干吗？你干吗？"小偷发现人已惊醒，就拿出明晃晃的尖刀，在黑暗里一顿乱划。陈大军一边护着旅行包，一边大喊："抓小偷啊，抓小偷啊。"小偷仓皇逃跑。他反身一个猛扑，把小偷狠狠地压在身下，仿佛这一段时间压在心底无人诉说的悲催，猛然爆发出来。小偷像被石头压住的青蛙一样。陈大军的脸上和胳膊上被划了几刀，鲜血直流。保安很快赶到了房间，把小偷扭送去了派出所。陈大军虽受了伤，没丢财物，一阵感叹，万幸万幸。

他连夜去了附近的一家医院包扎治疗。从昆明回来时，陈大军脸上、胳膊上还包扎着纱布，像残兵败将。李小凤见状关切地问："怎么回事？跟人打架了？"他把在昆明旅馆遇到小偷的事情说完，李小凤被吓得直言："好险，幸亏没受大伤，保住身体比什么都好，以后再遇到这样的情况，首先要保重身体，留得青山在，不愁没柴烧。"

陈大军开始在自己的天地里操劳，垦地，除草，播种，施肥，除虫，修剪，起早贪黑，全身心投入，一切变得美好起来。小小天地，寄托了他无限的希冀，他尽情挥洒读大学时学到的专业知识。忙累了，他就躺在田垄上，静静地看云听风，云在天空变幻莫测，天空特别辽阔；风轻轻吹过他的脸，溢满芬芳。有时还听到蓝色妖姬拔节生长的声音，田野充满人情味，洋溢着浪漫的情调。这时，他会情不自禁爬起来对着田野吼几嗓子，自己的心情就更加舒朗起来，活在奋斗创业的天地里，兴奋不已，自由痛快。

一季耕耘，终结硕果。眼看"七夕"情人节马上要到了，收获马上出来了。陈大军把自己的产品拟定了一个品牌名称，名为妖神。他希望蓝色妖姬成为情侣们爱神里的妖神。然后，忙着市场推广，联系市内的花店。跑了几天，联系了二十家花店，每家都有数量不一的订单，约有 5000 枝，每枝 5 元，将有 25000 元收入。他在爱丽丝鲜花店联系业务时，在柜台上随手拿了一本杂志翻看，一首《夏至》的小诗吸引了他，最后一节这样写的：

已经离别得太久太久

期盼你沿着夏三的痕迹

早日归来

我将用一路浑厚的花香

美丽你迢迢千里的行程

"七夕"情人节凌晨,他骑着电动车送完货,收了22000元现金,拿着一束精致包装的蓝色妖姬回家。李小凤打开门,陈大军说:"七夕快乐!"他把蓝色妖姬递给李小凤。李小凤情不自禁地扑进他怀里。陈大军一阵局促,呼吸像被什么沉重的东西重重地扯了一下,嗓子提到了喉咙顶部,非常难受,但他还是用手轻轻推开了她。李小凤捧着蓝色妖姬,眼神与它们愉悦交流,情绪一下就浸入了心底,一阵好大的涟漪澎湃。那束花共有7枝,每枝都蓝得透明,蓝得妖艳,蓝得纯粹,散发着迷幻的芬芳。

这是李小凤人生第二次收到蓝色妖姬。她知道7枝表达的花语,是陈大军内心真诚的祝福。在激动的瞬间,也勾起了她心底隐秘的伤痕。李小凤读高二时,跟班上学习委员谈恋爱。那个男孩是官二代,她的初吻是在那个男孩送她一枝蓝色妖姬的晚上献出的。后来,他们的早恋被男孩妈妈发现了。他妈妈到学校里把她怒骂了一顿,然后,男孩转学走了,没有任何讯息。她的早恋还没开始,就被无情地掐死。后来,她开始厌学、逃学,最后逃到省城打工。

"小凤,以后生活不用担心了,这个蓝色妖姬花圃搞成功了,有稳定收入来源。你看,今天一个七夕情人节就有2万多元收人，以后每天有销售，每天都有收入。"陈大军喜悦地从背包里拿出几沓钱，在她面前扬了扬放在茶几上。

"只是你太累了，我们拖累了你。"陈大军的话，打破了她瞬间的回忆。

"不要讲这些。生活多变故，我们一起面对吧。"陈大军一边说，一边往高低铺上铺爬。

"你等下，被子今天早晨我已洗了，给你换一床新的空调被。"李小凤喊住他。他站在下铺的床沿上，李小凤看到像一座大山。

不一会，他响起均匀的鼾声，鼾声很沉稳。昨夜，他一个人剪花、送货，通宵没睡，太累了。

临近吃中饭时，陈大军母亲把他摇醒，喊他起来吃饭。李小凤抱着狗狗在楼下玩，还没回来。他母亲问了她藏在心里几个月的隐忧。

"狗狗快半岁了，你怎么还睡高低铺？我来了这么久，没看到你跟老婆睡一起？是不是嫌弃人家没工作？她现在可是帮我生了个大孙子，不要嫌弃人家当陈世美啊。"

陈大军爬起来，坐在下铺床沿上。

"哪里，您老人家不要操心，狗狗才几个月，我睡觉又不老实，怕他晚上盖不到被子。"

他母亲刚要张嘴再说话时，李小凤抱着狗狗回来了。

吃饭时，陈大军看到，那束蓝色妖姬被李小凤摆在床头，陈大军觉得分外诱人，分外迷离，分外有风情。

八

妖神牌蓝色妖姬在'七夕'情人节上市一炮走红。陈大军又花了一周时间跑了十多家花店，使经销的花店由 20 家增加到 30 多家，每个店每天都能走点货，平常日子每天能销 300 多枝，遇上周六、周日销 600 多枝，特殊的节假日翻番，一个月能赚 1 万多元。除了狗狗的奶粉钱等生活开销外，开始有一些积蓄。陈大军想自己开一家专卖店，专门经营妖神牌蓝色妖姬，一方面想利润高一点，多赚点，另一方面想让李小凤出去工作，她不能成为家庭主妇，脱离社会。一天晚上，吃过晚饭后，陈大军跟李小凤说："小凤，我想为你开一家蓝色妖姬专卖店。"

"为我开店？"李小凤嘴巴张成了一个大大的问号。

"是的。"陈大军很肯定。

"我能行吗，大军？"李小凤很不自信。

"相信自己，你一定行！你原来在酒店卖永州异蛇酒不是很厉害吗？"陈大军说出'永州异蛇酒"时，才发现说漏嘴，不能提这档子烂事，勾起她对王百万的伤心回忆。

李小凤倒是没有什么反应。她说："听你的，大军，你说行，就按你的想法做吧。"

三个月后，在五一路靠近省政府的繁华地段盘下一间门店。陈大军专门请了一家广告公司进行开业策划，特意跑到王府井百货给李小凤买了一套 3000 多元的宝蓝色高级裙装。开业那天，门口摆放了 30 多个经销商及陈大军大学同学送的气球广告，每个广告上均打上：祝妖神牌蓝色妖姬妖遍湖南。请的专业乐队不停演奏《婚礼进行曲》《节节高》《今天是个好日子》，营造了一派蒸蒸日上的好势头。省电视台当家主持到现场主持开业仪式。整个开业仪式高端大气上档次。李小凤穿着宝蓝色裙装，盘了发髻，化了一点淡妆，在嘉宾里有说有笑，穿进穿出。"活脱脱一枝蓝色妖姬。"广告公司张老板在现场跟陈大军说。后来，张老板给陈大军建议，最好用李小凤作为妖神牌蓝色妖姬的形象代言人。

妖神蓝色妖姬专卖店开业后，陈大军到花圃忙田间作业，李小凤在花店批零经营，生意做得风生水起，琴瑟和鸣。陈大军母亲在家带着狗狗，晚上一家人围在一起吃饭，饭后一起抱着狗狗出去散步，其乐融融。

真是愁生不愁长。狗狗在八个月时就开始牙牙学语了。有一天吃晚饭时，陈大军抱着狗狗，用勺子喂他排骨汤。狗狗津津有味地吃着，还用他的小手抢勺子，吃着吃着，狗狗突然清楚地喊了一声"爸爸"。陈大军听后，用力把狗狗往怀里紧紧搂了几下，在狗狗脸上亲了又亲，又要狗狗再喊。"爸爸！"狗狗又喊了一声。狗狗的喊声仿佛蓝色妖姬花开的声音，从陈大军的心房一直往外涨，溢遍周身，最后定格在他初为人父的脸上，也像一朵怒放的鲜花。李小凤坐在旁边甜蜜得有点醋意，酸得流蜜。

陈大军不停地把花圃种植面积扩大到了 50 亩，成了全省的蓝色妖姬之王，妖神不仅在本省销售，还卖到了广州、北京、上海、杭州等城市。李小凤的花店，除了批零经营外，还发展互联网销售，在京东、淘宝开了网店，雇了 12 个员工。他们在湘江小区买了一套 150 平方米四室两厅的大房子，春节前刚搬进去。准备来年，一人再买一辆车。

搬到大房子后，陈大军不能再睡高低铺了，只能跟李小凤睡一个房间，不然，他母亲真就担忧他俩的感情了。其实，李小凤早已爱上了陈大军，不说睡一个房间、一张床，就是陈大军要她，那也是她早就期待的，更何况他俩有证呢。好多个晚上，李小凤做梦跟陈大军睡在一起，只是因为羞涩，因为担忧，深深埋在心里。虽然他俩睡在一个房间，但他打地铺，晚上睡地上，起床后让李小凤收起铺盖，不让他母亲知道。陈大军有一晚睡早了，被狗狗看到了，狗狗好奇地问："妈妈，爸爸怎么睡地上？"陈大军抢着回答："天气热，爸爸睡地上凉快些。"还有一天，李小凤白天在网店做了个 1 万枝的大单，晚上回到家里，她跟陈大军喝了点红酒以示庆祝。不到 8 点，她就把狗狗带到床上讲故事，轻声细语地给狗狗讲了《丑小鸭》《卖火柴的小姑娘》等故事，往常狗狗听着听着就会入睡，可是那晚，也不知道什么缘故，狗狗却异常兴奋，就是不睡。她对狗狗大声发起脾气："再不睡，以后再不跟你讲故事了。"狗狗在她的威胁声中，含泪进入梦乡。然后，她也早早洗完澡，穿上一件透明的睡衣，身上还喷了一点迷幻的香水。收拾妥当后，她喊陈大军："大军，帮我拉一下睡衣后面的拉链，今晚我怎么拉不上？"陈大军脑袋热涨起来，像烧开水快要沸腾的状态，点一下，就要喷了。他知道李小凤想什么。陈大军用右手伸向她的后背，有点抖，在去拉她睡衣拉链时，无意碰到了她的背，碰撞瞬间的弹性，冲击力巨大，一下凝固了李小凤的呼吸。李小凤的心就跳了出来，她转过身紧紧抱住了陈大军，嘴唇发狠地咬着陈大军的嘴唇，狂风暴雨刮起来，犹如飞沙走石般充满力量和狂野，疯狂奔流。陈大军却要拼命推开她。陈大军越用力推她，她就越用力抱住他咬，拼命紧紧抱着，不放开。她要陈大军吃掉她，摧毁她。终究陈大军力气大，把她推开了。李小凤就嗷嗷大哭起来，她心里的压抑，对陈大军的爱和感恩，像泥石流一样倾泻而来。陈大军后来平静地叫她换掉睡衣，低沉地跟她说："带着你和狗狗已生活快3年了，我不是神仙，也有七情六欲。但我跟王百万有约定，不能跟你发生关系。等王百万出来后，跟王百万讲清楚，废除那个约定。那时，我就心安理得娶你。"李小凤听后，几年没流的眼泪忍不住流了出来。而那夜，她却无意发现了陈大军躲在洗手间里痛苦地自慰。那刻，她的心像被刀划破，无声地躲在深处滴血，无声地躲在梦里兀自伤神。泪水却无法洗亮夜色。

狗狗该上幼儿园了。他们找了一家双语国际幼儿园，让狗狗接受最好的教育，不让他输在起跑线上。周六、周日，陈大军挤时间开车送狗狗到老师家学钢琴、学画，狗狗悟性很高，经常从老师家出来后，手舞足蹈地学着。陈大军颇感幸福快乐。那次，从美术老师那里出来，狗狗拿着他画的画，一边用小手指着画，一边跟陈大军说："爸爸，这是今天下午画的。这张画的是爸爸，爸爸像蜜蜂。这张画的是妈妈，妈妈是蓝色妖姬。"陈大军眼睛有些湿润。狗狗又说："爸爸，你不喜欢吗？你怎么哭啦？"

"喜欢喜欢！"陈大军一把抱起狗狗在原地转了三圈，然后双手将狗狗举过头顶。快乐之光强烈地覆盖他，弥漫他，萦绕他，他深深知道狗狗是他的快乐之源，他要陪狗狗慢慢长大，一路阳光，鸟语花香。

狗狗四岁半时，连续两天低烧、咳嗽，陈大军心急火燎地送到省儿童医院检查，检查诊断为急性白血病。陈大军心里的支柱快要垮了。医生告诉陈大军，治好的最佳途径只有骨髓移植。医生说，可以找爸爸、妈妈、兄妹等直系亲属来化验一下，看看是否匹配，实在不行就只能到国家骨髓库里去找了，那像大海捞针。李小凤到医院化验检查了，无法匹配；王百万又在牢里，哪能把他找出来？最后，做检查的医生提醒："怎么爸爸不来做一个呢？"陈大军心里知道，自己又不是狗狗生父，哪有什么希望？既然医生提出了，陈大军还是做了检查，结果出现了奇迹，陈大军跟狗狗的骨髓匹配。针管抽取骨髓时，陈大军眼前晃动着狗狗的笑脸，耳边飘荡狗狗稚嫩的喊声，一家人围坐一起的甜蜜时光挤满他的脑海。这，移植的不是他骨髓，是他的筋，是他的梦，是他未来岁月的欢歌笑语。狗狗身上流淌了他的血，他与狗狗的生命互相交融着，支撑着，茂密着。

九

王百万服刑表现得好，减了两次刑，第一次减刑一年，第二次减刑六个月，服刑六年半就出来了。宋校长在他服刑的第二年，女儿北大毕业到美国留学，她去美国陪读了。女儿在美国读完硕士、博士，找了个华裔结婚，在美国工作生活。

王百万回到共和城空落落冷清的家里，人去楼空多年，全是灰尘，有的墙角还结了蜘蛛网。他感到十分凄凉。可是，出来后，他没着急去找远在美国的宋校长和女儿，而是着急找到了李小凤、陈大军。他从环球集团的老同事那里问到陈大军的电话，联系了陈大军。两人相约在陈大军的花圃里见面。

"大军，你好。六年半没见面，自己做老板了。"王百万问候陈大军。

"托你的福，王总。"陈大军有点一语双关。

"还跟李小凤在一起吧？"

"是的。"

"早就是真夫妻了吧？"

"呵呵。"陈大军淡淡地回应。

"两个年轻人在一起，干柴烈火，我理解。"王百万有点生气，语调升高了一点。"不管你们两个怎样，我想要我儿子。"

"你被组织双规时，组织找李小凤协助调查，她被惊吓得流产了，你儿子没保住。"陈大军故作镇静，却也有点慌乱。

"你讲假话！"王百万发怒了。

"没讲假话。"陈大军努力保持平静。

"那你告诉我，李小凤在哪里，我去问她。"

"你还有什么资格去找李小凤，这么多年还没被你害死吗？你刚出来，就跑来打扰我们的生活。你算什么？你走！不告诉你。"陈大军语速更快，声音更大，像爆竹在花圃上空炸开。

王百万看到陈大军发怒了，调子就低下来。陈大军在他手下工作四年，总是温和、卑微地待人，没见他这样发过火。然后，他对陈大军说："大军，不要发火，我问一下也正常。我走，好吧？"王百万离开了花圃。但他没有走远，而是叫了一辆出租车等在离花圃不远的地方。陈大军开车回家时，王百万尾随着他。

第二天上午，王百万找到了李小凤。李小凤看到他，非常震惊。他见到李小凤直接就问："我儿子呢？"

李小凤冷冷地说："流了。"她的回答居然与陈大军完全一致。其实，头天晚上，陈大军怕李小凤承受不了，没有告诉她王百万已出来了。

"我不信。"

"你还不信，你当时被抓，要我交房子，交钻戒，要不是陈大军救我，照顾我，可能连我都已死了。"李小凤伤心地哭起来。

"是我对不起你。"王百万愧疚地说。

"还想对得起我的话，那就不要来打扰我，更不要去打扰陈大军。快滚——滚——"李小凤发疯了。

过了几天，狗狗班主任杜老师打电话给陈大军，说狗狗在课间操时，被一个姓王的爷爷接走了。陈大军接电话后，知道王百万直接找狗狗了。他怒火冲天地赶到学校，在附近找寻，结果在一个玩具店里看到王百万和狗狗。陈大军冲上去就抱着狗狗说："狗狗，怎么跟陌生人出来呢？爸爸平时怎么教你的？"

"王爷爷说，是你让他来找我的，他要给我买变形金刚。"

陈大军不想让狗狗看到怒火，他压住火气，转过身对王百万说："王总，请不要打扰我儿子。有什么事情，等我把儿子送回学校后再谈。"

王百万再次与陈大军商谈。

"大军，我看到狗狗了，他像我，不像你，是我儿子。"

"你不要乱讲，狗狗是我儿子，你的早流了。"

"那有什么证明？"

"你看，这是我儿子3岁多时，得白血病骨髓移植的化验报告，我的骨髓移植给了他。如果是你儿子，怎么可能？"陈大军把一份有点褪色的医院化验单递给王百万看。

王百万接过去半信半疑地看了看，名字栏确实写着"陈大军"三个字。

陈大军接着说："王总，感谢你当年的知遇之恩，也感谢你当时乱点鸳鸯谱，我不找你要当时说的100万酬金。现在，只要你不再来打扰我们，我付100万给你。"

"大军，你说付100万给我。你付得了吗？我当时跟你讲，你不能跟李小凤产生感情，不能发生关系，你不但产生感情，还生了儿子，你说这账怎么算？"王百万接过话说。

"你不说算账也就算了，你还要跟我来算账？你当时说1年，结果你被抓，判了8年，六年半才出来。李小凤的生活费呢？李小凤的房子被收走了，要流离失所，这账怎么算？李小凤要流产，在医院治疗，这账怎么算？我七年的青春损失，这个账怎么算？"陈大军近似疯狂。

王百万一时无语。

陈大军缓和了一些，他跟王百万继续说："我刚才说了，付100万给你，你回到宋校长和女儿身边去吧，不要再来打扰我们的生活。如果再这样，我就要报警了。"

两个人不欢而散。

过了一周，当王百万把亲子鉴定报告拿给陈大军看时，陈大军一脸苍白，几分钟没有说话。王百万这个狡诈的老狐狸。他上次扯了狗狗几根头发，悄悄用卫生纸包上，送到省鉴定中心做亲子鉴定。鉴定结果，狗狗是他儿子。

陈大军缓过劲后问王百万："你想怎么办？"

王百万直接说："我要把儿子认回来，接走他。"

"你说接走就可以一走了之？就可以磨灭这么多年的感情？就可以割断骨肉亲情？"

"你们年轻，可以生嘛。"

"既然你已经做了亲子鉴定，那我全跟你说了吧。为了你的约定，我至今未碰过李小凤。我本想等你出来，跟你讲清楚，你那个钱，我不要了，如果你需要钱，我也可以给你，这样，我就可以心安理得地跟她在一起。我把狗狗一直当成亲生儿子，他身上也流了我的血。而你出来就来抢儿子，把我们平静、幸福、快乐的生活全部打破。"陈大军说着说着大哭起来。

"我也不想这样，我只想要回我的儿子。"

"我没办法，你跟李小凤去说吧。"陈大军痛苦地把矛盾踢给了李小凤。

　　未到傍晚，陈大军就准备回家，比平时早了很多。在回家路上，他去超市买了狗狗喜欢吃的蓝莓、火龙果、酸奶。李小凤告诉他，今天放学，她去接狗狗。可是，等到晚上9点多，李小凤才独自一人回来，默不作声地进门。陈大军问她："你不是去接狗狗了吗？狗狗呢？"李小凤一直不作声，只坐在沙发上哭。

　　"究竟怎么回事？是不是王百万在路上把狗狗劫走了？你说话啊？"陈大军站在她面前大声地问。

　　"我把他送给王百万了。"

　　"为什么？为什么你不征求我的意见？为什么不告诉我？"陈大军开始歇斯底里。

　　"他是我跟王百万的儿子，本应该由我与他来决定，你没有这个权利参与！"李小凤这时也站起来，高声吼着。

　　"陈大军，你听着，别以为帮王百万顶包假结婚，别以为我们母子落难时，你收留了我们，帮助了我们，你就有权利干涉我们每一个决定。"李小凤说完这话时，痛哭流涕。

　　而此时，陈大军蹲在地上，抱着头，深深地低着。

　　"大军，把狗狗让王百万接走吧，不然，他会一直来骚扰你，让你不得安宁。他今天下午给我送来亲子鉴定，我们骗不了他了。他把狗狗接走后，我为你生一个我俩的孩子。要不，我也走，你找一个自己喜欢的、爱的姑娘，结婚生子，安静地生活。"李小凤哭诉着。

　　陈大军始终没有回答，蹲在那里像一尊菩萨。

第二天早晨，李小凤起床，没看到陈大军，不知道什么时候陈大军已经走了。她在茶几上看到摆着一束 99 枝蓝色妖姬和一首手抄的小诗《小雪》①。

　　我手指的地方

　　下起了小雪

　　它们在风中娴熟地追逐　飘洒

　　就是你在诗中描叙的那种飞翔

　　致命的飞翔

　　现在又到了

　　你是否飞过了记忆的村庄

　　那些厚重的云朵

　　已无法为你保持优雅的姿势

　　我很担心

　　茫茫路途中

　　你会不会像这雪花一般

　　飞舞一阵就再也不回家

　　白天连着黑夜

　　思念牵着等待

　　长久地缄默无语

　　如我　站成一棵雪树

为洁白的承诺

静静守候

　　临近中午，李小凤接到公安局刑侦大队的电话，说在共和城小区发生一起命案，王百万涉嫌畏罪潜逃，要求她到共和城辨认死者和配合调查。李小凤知道，王百万住在共和城。她的心一下提到了嗓子眼，心里七上八下乱糟糟。她火速赶到案发现场，看到陈大军倒在血泊中。

　　李小凤立刻天昏地转，天塌了，晕倒在地上。

　　案发一周后，在狗狗学校校门口把王百万缉拿归案。

　　过了很多天，李小凤带着狗狗去凤凰山陵园安葬陈大军。狗狗问："王爷爷为什么要害爸爸呢？"

　　"你爸爸本是潇水河里一条善良的鱼，像潇水一样最终要流入湘江。他现在解放了，自由了，重新化为一条鱼，自由自在游进湘江，游进洞庭，游进长江，游进大海。"

　　狗狗眨着眼睛看着李小凤。狗狗听不懂。

　　李小凤将那束 99 枝的蓝色妖姬放在陈大军墓前，烧了抄有《小雪》诗歌的那页纸。

　　那束蓝色妖姬已经开始颓败，在寒风里闪着寂寥、冷漠的光。

　　释：①本篇引用诗歌《小雪》，作者为汤松波，在此致谢。

你并购了谁

一

一世集团董事长专用会议室灯火通明。

老板程事、副总庄非凡、总办主任罗菲、飞来飞去传媒公司导演赵一迪从早晨9点开始，一直在持续热烈讨论集团宣传片的拍摄脚本。已是下午2点了，还在头脑风暴激烈碰撞。程老板对前期工作很不满意，他认为几个人都没有领悟他的思想，以致于主题跑偏了，走题了。其实，每次对接的时候，都已经说清楚了的，怎么就是深入不了他们的内心呢？他有时真有些困惑。

会议室采光非常弱，一旦开会就必须把灯全部打开。还有一个原因，就是程老板喜欢灯火辉煌的氛围，在光晕的烘托下，他在开会时经常或坐立或起身或踱步，有时甚至手舞足蹈，让与会者常常被他的各种动作吸引，有时也让人分心猜想他下一个动作，伴随手势语言的往往是情绪激昂的长篇陈述。他如同指点江山一般，感觉特别好。

他要这个感觉，更在乎这个感觉。

这个会议室专属于他，仅限于他召集会议。公司上下都知道。有一次，公司刚聘的副总在他出差时用会议室接待了市政府的一位处长，他知道后，直接中止了那个副总的试用期。

秘书柳依依已进来三次提醒程老板了，请他抓紧时间，还有下一个重要的活动。那时他正手舞足蹈专注地给大家讲他的想法，他不得不明明白白再跟他们讲清楚，只差跳上会议桌了。他最后总结陈述说："为什么拍宣传片？无非是品牌形象的需要，宣传公司的实力，当然也包括我个人的形象呀，现在讲包装呀，电影明星要包装，企业家也是要包装嘛。"他顿了顿，端起鸡血茶缸喝了一口，用手扶了扶镜架，又接着说："那么，宣传片使用对象是谁？"他望向了庄非凡。"非凡，你是主管领导，你说说？"庄非凡正用手指敲着手机屏幕回微信，一时没反应过来。"非凡，作为主管领导，你总是领会不了我的想法，所以工作就出现思路问题。"程事提高了说话的声音，趁机批评庄非凡。这是他一贯的作风，经常盯着下属一个稍不留神的细节说事，敲打下属。然后，他又说："宣传片的使用，无非就是三种对象，第一种是各类银行，第二种是各级领导，第三种是客户。你们说是不是？当然，现在最主要的目的就是用于并购春华厂的宣传。"

"是的，是的。"大家忽然开窍，异口同声回答。

他站起来，端起茶杯又喝了一口，干咳了几声，再清了清嗓子，挥舞着右手接着说："那么，我们就要做三个版本，一个用于接待银行领导，一个用于接待政府领导，一个用于接待客户。每个版本表现方式、内容都要不一样。你们说是不是？首先把接待银行领导的版本做好，这个版本也可以用于并购春华厂宣传。"

"老板高明。"赵一迪不停地点头说。

这时，柳依依再次进来，袅袅地走到程老板的身边提醒："时间不早了，离新闻发布会开始不到一个小时了。"

他站起来伸了伸懒腰，转过身叮嘱赵一迪："赵总，你们回去再继续讨论、思考，把我的想法吸纳进去，拿出成熟的拍摄脚本，下次如果再这样，要扣你的款了。"他边说边走出会议室。庄非凡、罗菲也紧跟着匆匆走出。

程事进入办公室，柳依依早已备好了一套藏青色西装、白衬衣和红色领带。他进入更衣室，迅速换了衣服，到洗漱台的镜子前照了照，还侧身摆了几个姿势。"老板帅呆了。"柳依依站在旁边，看着老板一身正装，开了个玩笑。程事没理她，只看了她一眼。"等一下。"柳依佳说，"有几根头发还有点乱，打点啫喱水定下型。"柳依依拿起啫喱水踮脚往程事头上喷，用梳子把他的头发二八分开。

程事匆忙走出办公室，柳依依拿着公文包紧跟后面。到公司楼下时，庄非凡、罗菲已经等在下面了。

好又登大酒店就在公司旁边。不到五分钟，他们到了酒店大堂。好又登大酒店是凤城唯一一家五星级酒店，今年春节前才投入使用。富丽堂皇，典雅大气，绿植、灯光、人流交织构成的氛围无声地表达着气派。这已是凤城的名流场。

今天下午的新闻发布会于程事而言，意义重大。发布成立程事扶贫解困基金会，首期善款 100 万元，现场对首批捐助人员发放资助款。这是凤城第一个以企业家个人名字命名，第一个首期善款 100 万的公益基金。更有别于其他公益基金的是，它只专注国有企业困难职工的扶贫解困。基金会的成立，将创造凤城的历史。

这个创意来自肖莹莹。一个偶然的机会，程事知道了春华厂要改制拍卖。公司在外地发展多年，然后回家乡壮大，已具有相当规模，但从事的主要是生猪、牛的养殖事业，依托畜牧业，办起了现代农场。可是，没有包装，也没有宣传，家乡人尤其各级领导并不知道一世集团的实力。程事正为找不到一个爆发点炒作宣传而苦恼时，肖莹莹提醒了他：你怎么不去搞一个基金会呢？可以用基金会成立来宣传炒作，提高公司和你的知名度、美誉度啊。

程事听后很激动，他没想到肖莹莹能有如此视野和远见。这个基金会办得好，就是一个很好的杠杆，撬起程事的名望和声誉。当时，他松开抱着肖莹莹的手，从手包里拿出一沓钞票甩给她，算是奖励。

基金会筹备时，程事找到民政局黄本善局长汇报成立基金会的想法。局长明确表示全力支持，同时还表示把此事报告市委、市政府，希望得到市里主要领导的支持。果然，市委书记金山、市长钟华、分管副市长龙行均在民政局的报告上分别作了批示。

市委书记金山批示要求：这是我市民营企业家富而思源、回报社会的大好事，请民政局全力支持，好事办好，要求举办规模盛大的新闻发布会，市级所有媒体予以专题报道，以形成良好的社会影响，期待更多的企业、个人以各种形式进行公益活动，回报社会。同时，要求龙行副市长出席新闻发布会。

基金会成立的新闻发布会由此而来，谁也不敢怠慢。

程事、庄非凡等走出电梯，电梯口的礼仪小姐就迎了上来。柳依依告诉礼仪小姐："这是程老板，基金会的发起人。"礼仪小姐们投来仰慕的眼神。

程事高昂着头，目光炯炯，像归来的凯旋者，更像要上战场的斗士，意气风发，蓄势待发。礼仪小姐把他们引至贵宾室休息，广告公司现场负责总协调的李总已等在那里了。李总剃了一个光头，留着山羊胡须，左耳吊了一只耳环。程事说："挺有范儿，今天发布会一定要搞出彩，不能砸锅，否则我给你那个耳朵穿上耳环。"

"程老板，您放心，保证圆满成功。"

李总带他们巡视会场。偌大的发布会会标"程事扶贫解困基金会成立大会暨首次捐助颁发会"挂在会场上方，红底白字，闪闪发光，如青春美少女般神采奕奕。程事的目光在会标上停留了十几秒不愿离开，他觉得读书那时都没有这么认真地看过黑板。他想，这行字是肯定，宣示，荣耀，更是成立基金会目的的起点，他要乘着这艘航船高飞。主席台摆了七个座位，对应七个名字，有副市长龙行，宣传部副部长康国强，民政局局长黄本善等人，也有程事本人。会场下面摆有近200个座位，一世集团安排了50人，从育英小学请了100名学生，还有相关部门嘉宾50人。20位礼仪小姐清一色的红色旗袍，从电梯口分两边站开一直延伸进入会场，像五月的鲜花一路怒放。会场后面，已经有市电视台、有线电视台、龙网、凤城在线等各类直播媒体正在摆弄调整机位，有点全国两会新闻大战的阵势。

程事巡视一圈后非常满意，脸上荡漾着笑容。他已经预感到，在凤城的大街小巷上将产生巨大的冲击波，会成为大家谈论话题的焦点，他将成为凤城有口皆碑的明星企业家。

这就是他要的，也是他的目的。

礼仪小姐款款引导领导在主席台落座。程事坐在主席台上，看到下面座无虚席，二百多双眼睛齐刷刷地望着自己，眼神里有崇拜，有羡慕，也有期许。四个直播摄像机不停转动，不停地给他特写。他内心波涛汹涌，翻江倒海，感慨万千，五味杂陈。但他强压着，像压着几只活蹦乱跳的小兔子。他不让这些显山露水，那样显得他太没城府了，太肤浅了，太成不了大事了。除了一丝丝微笑，你很难窥视到他内心的澎湃。

新闻发布会由市电视台新闻联播主播曼曼主持。曼曼磁性而又绵柔的声音优美地扩散开来，比电视里播新闻联播时更有质感。她一一介绍在主席台就座的领导。当她介绍到程事时，曼曼的声音提高了八度。"我荣幸地、隆重地介绍，基金会的主角程事先生——"。程事平静地站起来向台下鞠躬致谢，干净得体。

之后，龙行副市长、黄本善局长先后讲话。领导讲话时，他内心已完全抑制不住了，心猿意马，万马奔腾，耳里不断响彻着并购春华厂成功庆功酒宴的笑声和碰杯声，心里已是蜜一般的甜美。曼曼大声说请基金会主角讲话时，才把他拖回现场。在热烈的掌声中，他平缓地走到报告台，习惯性用手扶了扶镜架，环视了一圈会场，打开文件平稳地念起来。当他念到"首期注资100万元，最终搞到1000万元"时，台下响起了掌声，掌声从一个到数个，最后变成潮水一般。掌声响毕，他接着说："等下，我们将现场捐助10位困难职工，每人1万元。"潮水般的掌声又荡漾在整个会场。

现场捐助后，春华厂困难职工肖玉娥代表受捐职工讲话。她头发有些花白，满脸皱纹，沉重的日子刻下了很深的印记。

"各位领导，今天对我来讲，遇到了大恩人啊，程老板赚到钱后，能够这样大方地捐助下岗困难职工，你积了大德。"肖玉娥直奔主题，声音哽咽。肖玉娥如此动情，程事未曾料到，肖莹莹的这个安排的确不错，很会来事嘛。他暗自高兴。但他努力克制自己，保持平静，只在座位上挪了挪身子，眼光并未看她，而是努力平和地看着会场下面。

"抓住他，杀，杀，杀死他——"突然，肖玉娥情绪激动起来，并用手指着站在会场门口的一个男人大声喊。

全体人员一时目瞪口呆。不知道发生了什么，也不知道哪个人出现在了会场门口。主席台上的人望向了会场门口，会场下的人也转头望向门口，小学生尖叫起哄了。

程事清楚地看到了，那人是春华厂的前任厂长张建国。

他来干吗？又没有邀请他。来砸我的场子?！程事的心情从一百度的沸点瞬间降到了零度冰点，满腹疑惑。同时，在心里他又狠狠地骂肖莹莹："不靠谱!"

二

肖玉娥情绪突然失控，给阳光、喜悦、向上的发布会蒙上了一层阴影。发布会结束后本来安排了晚宴，宴请市领导和新闻媒体记者。可是领导已没心情分享，大家匆忙要走，好像这是是非之地。程事心里像揣了一盆冰水，瓦凉瓦凉的，脸上的笑容渐渐散去。但他必须坚强地挺住，不能因为一个节外生枝而影响大局。

他忍着内心的怒火送走了最后一位客人。这时，柳依依贴着他耳朵说了几句悄悄话。程事随口就大声骂了一句"他妈的"，手一扬，张罗庄非凡、罗菲立即回公司。

四个人一溜烟小跑回到公司。在接待室已有三位男人，一位穿夹克上衣，另外两位穿了公安警服。

庄非凡上前一步，向客人介绍说："这是我们老板，程董。"

程事稳健地伸出右手，跟三人分别握手。

"我是市局经侦支队的副支队长王猛，那两位是支队干警，这个胖的，是小刘，刘警官；那个瘦的，是小张，张警官。"穿便衣的自我介绍起来。

"欢迎，欢迎。"程事坐下来说，"经侦支队是我们做企业的保护神，为我们保驾护航嘛。"

"程老板，我就不绕弯了，我们接到了举报，说你们一世集团参加春华厂改制并购投标涉嫌作假，我们要进入贵公司进行调查、取证。"王猛开门见山地说明来意。

"哦，这个事情？不可能吧？"程事故作惊讶状，但他很快平静下来。他想起 20 世纪 90 年代初在海南炒地皮时的一件事情。当时，他从上家手里接了一块 100 亩的住宅用地，广东一个厅级干部的儿子也看上了，想从他手里低价接走。他们谈了三轮，均因价格没有达到预期而未成交。后来那小子不知从哪找了一拨经侦队的干警过去恐吓他，说他玩空手道，涉嫌经济诈骗，还把他带到了局里去审问。当时他只有 28 岁，的确只付了上家 10 万块定金，如果硬说空手道，也可以说得过去，因此有些恐慌。但那时，大家都是这么击鼓传花玩的，所以他坚持说，自己没有诈骗，所签合同是专门找律师审了的，合法有效。在局里审了他两天，没有结果，第三天，那拨人影子都没看到。他出去后很快找到下家倒出去，每亩赚了 5 万，整整赚了 500 万。他的原始积累就是这样完成的。从那以后，他遇事就敢想，也敢干了，坚信只有想不到，没有做不到。这次参加春华厂改制并购，跟当年参加海南炒地皮有过之而无不及。

程事不动声色。他让柳依依给客人客气地泡了最好的黑茶。

"王支，我们参与了春华厂改制并购竞价投标。但我们的资料肯定是真实合法有效的，欢迎你们来查，我可以用人格担保，没有问题。我之所以能做到这么大，遵纪守法、诚实守信是我的底线，做人、做事都是这样的。"程事诚恳地回复。接着，他与王猛对视了一下，又问："张局长知道你们到我这里来吗？"

"刚接的举报，没查清楚情况前，一般不会跟张局长报告。"王猛解释。

"要不我跟张局长报告一下？"程事马上拿出手机直接拨通张局长电话。

王猛起身欲反对，但已晚了。

"大哥好！我是程事。向您报告一下，经侦支队王支带了两个兄弟，在我这里检查指导工作，说什么参加春华厂改制并购投标涉嫌作假，我这么讲诚信的企业怎么可能弄虚作假呢？我前一小时还在召开扶贫解困基金会成立发布会呢。你说把电话给王支听，好好，马上给他。"

程事把电话递给王猛。

"好的，好的，按照局长的指示办。"王猛一边听电话，一边点头，像小鸡啄米似的。

柳依依坐在旁边，有点想笑，但未笑出来。

王猛接完电话，额头上渗出了毛毛汗。王猛对程事解释说："局长电话里交代了，程老板是我市知名企业家，讲诚信，不可能弄虚作假的。"

"请王支放心咯。我还会砸你的饭碗？"程事正了正身姿，挪了挪屁股，说话的分贝明显提高了。

"那是，那是。局长发了话，我们就告辞了。"

"既然已经来了，又到吃饭的时候了，在我的小食堂吃了晚饭再走。张局长是经常到我这来的。"程事热忱挽留。然后，他对庄非凡说：

"去安排一下，搞精致一点。"

庄非凡退了出去，抓紧准备晚餐去了。

程事陪王猛进入食堂包厢。王猛一阵晕眩。哪里是食堂啊，分明是会所！富丽堂皇、黄花梨的中式复古家具，一张大型的宴会桌，各种造型的艺术灯，站在旁边的服务员个个高挑、秀丽。

"程老板，世外桃源啊！"

"哪里？这就是我们的小食堂，你们不方便在外面吃饭，在内部食堂没有问题的。"

"超五星级啊。"

"你过奖了，内部食堂而已。"

"你看，连服务员都有艺术气质。"

"哈哈，王支好眼力，我这里是市艺术学校的实习基地，学生课余时间来实习，赚生活费嘛。"

"难怪全是美女咯。"

"等下让这些美女敬你酒，陪你唱歌啊。"

落座后，首先上了一道汤。庄非凡介绍："这汤叫龙凤呈祥，在整个凤城除了我们这里没有第二家可以喝到这汤，滋阴壮阳。"

"什么食材？"王猛问。

"一只乌鸡、一条眼镜蛇、一个水鱼，加上地道中药材。"

菜品逐渐上齐，有红烧肉、红烧穿山甲、干锅泥蛙、小炒黑山羊，外加几道时令蔬菜。

实习学生们开始给客人盛汤，举手投足，训练有素。王猛赞扬汤好喝，更赞扬实习学生们气质过人，眼睛在她们身上穿来穿去。程事叫实习学生倒上茅台酒。王猛推辞："现在有禁酒令，不能喝，被抓了，会被脱警服。"

程事说："没事，待会儿张局长也会过来。"

"张局长要来的话，那我们就等他来了再开始吧?"王猛有点不知所措。

"张局长在电话里说了，他先在那边应酬，应酬完了再过来。你放心，他把我这里当食堂，来了就来了，有时说要来也不一定来呢。"程事一副东家作派。

"既然这样，盛情难却，那就少喝几杯吧。"两个小兄弟附和道。

倒上茅台，程事举杯说："感谢王支带队莅临公司指导，请多关照。"程事跟他们碰杯后一饮而尽。

"程老板豪爽!"王猛夸起来。

程事然后让庄非凡、柳依依分别敬酒。柳依依敬酒时，故意含情脉脉地盯着王猛，嗲声嗲气地说："王支讲个带点色彩的笑话，不然要喝双杯。"

程事、庄非凡拍手，高声附和："好，好!"

"程老板，女秘书厉害啊，我们是耍武的，肚子里没有那么多文绉绉的东西，那我宁愿喝双杯。"王猛也站了起来。

柳依依敬完一轮后，程事提出，他讲个笑话，领导喝双杯。

"要得。"

程事不动声色地讲："公交车上一年轻的妈妈给宝宝喂奶，宝宝吃得不老实，年轻的妈妈生气说孩子：吃不吃？不吃我给旁边的叔叔吃了。一连说了几次。坐旁边的叔叔忍不住说：我的小少爷，吃不吃给个准信，叔叔都坐过了好几站了。"

程事说完，大家笑得东倒西歪。

程事问小刘："遇到这样的美事没有？"

小刘笑答："可遇不可求啊。"

程事端起酒杯敬大家，王猛、小刘、小张分别喝了双杯。

几杯酒下肚，柳依依搽了胭脂一般，红晕开始漫在脸上。她也趁着酒兴讲了个笑话。她说："一女晚上外出打麻将，半夜回家怕吵醒老公，便在客厅把衣服脱了个精光，轻轻地走进卧室，不料老公惊醒，见此大吃一惊：我的妈啊，打多大的啊，输成这样！"

大家笑得前仰后翻，王猛捧着小腹夸张地坏笑。柳依依又敬王猛、小刘、小张，他们都爽快干了。

大家沉浸在哈哈声里时，庄非凡扶着张局长进来了。张局长指着王猛说："你小子吃了豹子胆，敢到程老板这里来，小心我脱了你的衣服！"王猛立即站起来，向张局长敬礼，忙赔不是。张局长接着说："玩笑玩笑，不要当真，接着喝。"这时，王猛已经端了杯酒，毕恭毕敬地站在他身旁了。张局长没理王猛，眼睛盯着一个实习学生，大声对程事说："这个姑娘是新来的吧？让她唱首歌，助助兴。"王猛站在旁边尴尬地拍手说："好！"

庄非凡拿着遥控器操作，幕布从墙顶上徐徐落下，投影机从吊顶的盒子里投射出灯光，幕布立即呈现出雪域高原的优美风光，餐厅瞬间变成了 KTV 包厢。实习学生说："我为张局长等各位领导献上一首《青藏高原》。"实习学生唱得有模有样，有那么一点李娜的风范。没等她把歌唱完，张局长提出跟她唱一曲《刘海砍樵》。张局长唱了几句后就往实习学生身上靠，靠了几下就搂着跳起舞来。

王猛、程事站在旁边，拍着节奏。

今夜无比欢畅。

散场时，张局长、王猛都已东倒西歪了，但兴致都很高。程事给每人准备了个大信封，说是误餐费。王猛一只手拿着误餐费，一只手抱着程事的脖子说："兄弟，下次张局长过来，请你一定叫上我来陪啊。当然，我也要准备几个笑话，不然要喝双杯的。"

程事点上一支烟，朝他们远去的背影吹了几个圈圈。烟圈缥缥缈缈，在夜色里很快就散了。街灯次第亮起，大街上仍然车水马龙。夜，潮起来了。他们的身影已消失在街道的尽头。程事忽然打了一个寒战，他知道这是山雨欲来的前奏，只能走一步看一步了。

三

程事第二天不到 5 点就醒来了，但感觉昏昏沉沉，昨天发生的事情让他一晚没睡踏实。平时，睡眠质量挺好的，常常是一觉到天亮，时间不早不晚，正好 7 点。他在床上翻了几个身，脑海里想起王支说的话，让他烦躁起来。他一骨碌就爬了起来。他老婆迷迷糊糊问他："大清早的，干吗这么急呀？"他没回话，像往常一样走到院子中去。虽是初夏了，但他感觉还是有一点凉，又回房去披了一件长袖的睡衣。他慢慢转悠几圈，努力让脑子平静下来，不能自乱方寸。最后，他走到花坛边，抚摸他最爱的仙人掌。他喜欢把一双手按在仙人掌的硬刺上，轻轻压在刺尖上，让手掌像被针灸穿刺一样——说是养生，其实应是一种压力的释放。这是他每天早晨必修的课程。他的一双手掌已被刺得长满了老茧。他用力地压在仙人掌上，连续压了二十下，"啪"，仙人掌花钵被压碎了，他的一双手掌全是星星般的血点。但他似乎一点感觉也没有。

回屋简单洗漱后，丕不到 8 点，他就叫司机小强开车来接他了。车还没上东风大桥，被堵着无法前行了。程事让小强去了解一下，究竟是什么原因。

小强回来说："春华厂的职工在闹事堵桥，有三四百人，打了很多横幅。从引桥开始全是人，老人、中年人居多。"

东风大桥是凤城连接湘江两岸的唯一通道，可以说是主城区交通的生命线。这里堵死了，两边的车辆无法往来，整个城市的交通完全瘫痪。

春华厂的职工真厉害，知道掐城市的痛点。程事心想。

大凡国有企业经营亏损，陷入困难境地，职工首先就要对现有的领导班子反腐败。程事已经见怪不怪了。最近凤城国有企业改制，不是在电视上看到相关报道，就是听一些朋友说，某某厂的职工又到政府上访了。毕竟企业改革就是打破了原来的利益格局，当然首当其冲的是职工的生老病死的实际问题。但说到春华厂，他在心里还是打起鼓来。毕竟自己刚参加了竞价并购拍卖，绞尽脑汁才中标，现在已进入后续资格审查。并购成功了，财富就上了大台阶，说不定还可能成为凤城的首富。这个环节可不能闹出大事来啊。闹出事情，政府就会叫停，到手的肥肉付之东流。

下车后，程事要戴小强的墨镜。

"是平光镜。"小强说。

"我的眼睛又没近视，我戴的眼镜也是平光镜。我戴眼镜就是想包装成文化人。你以后要记得。"

小强看着程事，不敢再吱声。他现在才知道老板不是近视眼，平时习惯性用手扶镜架，原来那都是形象包装的需要。然后，他又找出一顶棒球帽让程事戴上，不让职工认出来。

他俩一前一后默默走在职工队伍里面。真是黑压压的一大片，400多人把500多米长的东风大桥全站满了，打了很多横幅，有的写着：反腐败，严查李四毛；有的写着：我们要生存，我们要吃饭；有的写着：我们要上班。现场嘈杂，人声鼎沸，有大喊大叫的，有喊口号的，也有随大流凑热闹的。队伍中仿佛有一把无形的火，如果控制不好，可能会熊熊燃烧起来，程事想。此时，他感到脊背发凉，心中如压了一块巨石，沉甸甸的。春华厂难道真是烫手的山芋？但越有挑战，他就越有激情，越有冲劲，内心更能蓄积力量，退却不是他的选项，他的字典里没有"退却"二字，更何况还有那么大的诱惑呢。他俩没随职工移动，而是站在年纪大一点的职工围成的圈子旁，听着他们你一言我一语地议论。

"这个李四毛，不晓得受贿了多少钱？听说要把厂子卖给一个叫程事的老板。"

"我也听说了，昨晚的电视新闻里播出，这个老板搞了个什么扶贫基金会的鸟东西，肖玉娥还上台领了 1 万块。"

"嘿，不要提那个骚货了，要不是她害了张建国，就不会有李四毛这个挨千刀的上台。"

"是啊，张建国厉害，当时听说，厂子要准备转产摩托车，结果，他没管住自己，把肖玉娥肚子搞大了。如果转产生产摩托车，也不是这样咯。"

程事知道，他们说的肖玉娥，就是昨天在台上发言失态、差点砸了场子的肖玉娥。

肖玉娥是苦命之人。1985 年顶父亲的职，招工安置到春华厂。她进厂时没提任何要求，只希望跟一个手艺精的老师傅学技术。所以，她进厂后，省劳模朱光从学徒开始一直带她。她长得颇有姿色，脸蛋甜美，胸脯鼓胀，皮肤白嫩，梳着两个大辫子，活脱脱 20 世纪 80 年代美人胚子的形象。那时，工作之余不像现在有电视、网络、KTV 等可选择。住在家属区的职工，至多在晚饭后，打一下扑克牌，输了的戴高帽子或是贴纸胡子，更多的是聚在一起闲聊家里长家里短。自从肖玉娥招工进厂后，大家就把话题集中在她身上。一个近 600 人的机械厂，基本是老爷们的活，什么铸造啊，烧锅炉啊，车铣刨啊，都是又重又脏又累的活。有的女职工以这些工种招进来，然后曲线救国，在车间上班不足三个月，都会调到工会、食堂、采购等后勤服务部门了。大家都在预测她究竟在车间待三个月还是半年，但每次预测都失败了。她从没提出调出车间。厂劳资科长看到她长得不错，勤劳肯干，儿子也到了找媳妇的年龄，找肖玉娥暗示了几次都没反应。后来，厂里分配住房，结婚后的双职工才有资格。刚好一个司机也在猛追她，她就答应了那个司机，两人谈了不到两个月，匆忙结了婚，分了一套 30 平方米的小套间。可是，没出蜜月，老公出车送货去怀化，车过雪峰山时出了车祸，死了。自那后大家都觉得她命硬，闲时说归说，没人敢撩她。

但是，不知道碰到什么鬼，张建国把她搞上了。事后，有人说是肖玉娥为了把弟弟招到厂里主动献身的；也有人说，张建国那时老婆已病逝，有天晚上下车间慰问加夜班的职工，当时车工车间就只有肖玉娥一个人在加班，张建国表扬她车出来的轴承光滑如镜面，在摸轴承的同时摸了她，那晚就搞上了。反正怎么搞上的，不重要。重要的是后来她怀上了张建国的孩子，张建国答应跟她结婚。可是张建国上小学的儿子死活不同意父亲娶后妈。张建国就让她等。张建国说："等孩子稍微大一点，懂事了，会同意的。"肖玉娥痴情，把孩子生了下来。谁知张建国后来找了一位市委领导腿有点瘸的女儿，也没跟肖玉娥结婚。肖玉娥受了刺激，精神恍惚起来，原本一手好技术被毁了，车出来的轴承不再如镜面，还出现极大的误差，基本成了废品。车间让她下了岗。她下岗后，就到张建国的办公室闹，手里长期拿着一根轴承，仿佛那是她的武器。最开始只是闹闹，从第五次开始，她一边闹，还一边喊："抓到他，杀，杀，杀死他。"以致后来只要看到张建国，就喊："抓到他，杀，杀，杀死他。"在上次的新闻发布会上，她情绪忽然失控，就是因为张建国的出现，她看到张建国鬼头鬼脑地站在会场门口。省劳模朱光看到最得意的徒弟被张建国折腾得变成这个状况，一封实名举报信寄给当时的市委书记，张建国就被免去厂长职务。

春华厂坐落在湘江边，占地150多亩，新中国成立那年建厂，当时取名春华厂，应该是取"春华秋实"之意吧。最开始为军工厂配套生产高射炮的炮管，20世纪70年代后期军转民，就开始生产凤城牌自行车，二八式、二六式都生产，主要用于出口创汇，是凤城的创汇大户。凤城牌自行车在1984年的"广交会"上被评过金奖。凤城本地人要买凤城牌自行车，只能买品质有点缺陷出口转内销的，而且还要找领导批条子。哪怕明知有缺陷，大家也乐此不疲，以骑上凤城牌自行车为荣。当时，生产任务繁重，经常加班加点赶出口任务，孩子招工就业都首选春华厂。那时，厂里已经有经营自主权了，可以发奖金，搞福利，年底职工拿的奖金在全市的国营企业里是最高的。男职工找媳妇，只要说春华厂，媒人便络绎不绝；而女职工找对象，一般都被市里领导的孩子找走了。进入20世纪90年代后，出口市场开始萎缩，内销也基本停滞，企业越来越不景气，开始是奖金发不出，后来逐渐连工资也不能按时发放，生产时断时续。当时厂长就是张建国。张建国组织大家调研，发现转产生产摩托车有很大的机遇，正准备起草报告上报市里立项时，因肖玉娥事情被朱光实名举报免职。

李四毛上台后，完全否决了张建国的想法，认为我国是农业大国，于是转产生产农机产品，陆续生产了小四轮拖拉机、插秧机、耕田机。越生产越亏损，最后成了癌症病人，卧床不起了，厂里没有了资金，工资拖欠了 16 个月，现在靠市里每月发最低生活费，职工度日如年。

进入 21 世纪，城市房地产发展迅猛，到处长满了钢筋水泥森林，房价像面包一样不断膨胀。凤城湘江边的房价每平方米突破了 4000 元。春华厂的 150 多亩土地，像静静躺着的金矿。市政府开始谋划春华厂改制，要求春华厂退二进三，腾笼换鸟，重组生产要素异地建厂。

9 点时，程事看到陆陆续续上了一些维持秩序的干警。喧闹声里，他隐隐约约听到主管工业副市长杜光明的声音：

"春华厂的职工朋友们，我是市政府杜光明，大家有话可以到厂里去说，这样堵马路，是扰乱全市人民正常交通、工作、生活的蠢事。"

程事远远望去，看到杜光明拿着圈成筒状的报纸，放在嘴边对职工喊话。在他的身边有五六个公安干警围成一圈，贴身保护他，旁边还有李四毛等厂领导。听说副市长来了，职工情绪就更加高昂起来了，纷纷往杜光明那边挤去，还有职工大声说："我们不去厂里，你们想哄我们回厂里，又不解决问题。"

"我作为市政府的主管副市长，哄大家干吗？大家不要被少数人蒙蔽，害得大家走上违法乱纪的地步。"

"我们表达合理诉求，哪里违法乱纪了？"

"我们要生存，我们要上班。"

"把李四毛那个贪污分子抓起来。"

职工的情绪更高了，喊声此起彼伏，越来越大，仿佛桥下的湘江水都会被激越起来，空气凝固得让人窒息。人群的一股一股潮流向杜光明涌去，几个干警紧紧地围起来保护着他。程事看到一个瘦高的老头，正拼命往杜光明身边挤，情绪特别激动，一根根花白的头发都立了起来，犹如一根根箭，嘴里不停地大声喊着话。李四毛见状，怕他去冲击杜光明，也拼命往那边挤过去。

"朱老，您老莫挤，莫把身体挤坏了。"李四毛靠近他说。

"厂子都没了，留着身体干吗？"他的嘴角已全是白色的泡沫。

"回去吧，朱老，少操点心咯。"李四毛哀求他。

"朱老，您不能走，我们听您的。"旁边一个女职工说。

"我不会走的，我跟大家同在，跟春华厂同在。"他高声喊着。

程事隐隐约约听见李四毛与朱老的对话，他知道这个朱老就是朱光，省劳模，有一手车工技术绝活，春华厂少有的好工匠。肖莹莹曾跟他说过无数次。

职工情绪依然高昂，现场有失控的危险。这时，杜光明高声对职工喊："职工朋友们，请大家到市政府会议室去对话，行不行？到市政府去，行不行？"职工听说要去市政府，纷纷表示："好，去市政府——"

人群随杜光明慢慢散去，东风大桥逐渐畅通起来。

人散了，程事站在东风大桥的中央。初夏的江风吹拂着，把他的头发吹了起来，他没用手捋头发，而是随手从地上捡起上访职工散落的横幅，用力地撕成碎片撒在地上，双脚还用力地踏在上面踩圈圈，拼命踩，嘴里念叨着什么，他想把心中的隐忧发泄出来。然后，他伏在桥栏上俯瞰湘江，江水清清，依然静静地无声流淌。岁月的长河长长，任尔东南西北风，它也不会有一丝的改变。他的心情慢慢平静了一些。

四

春华厂改制资产并购竞标拍卖会将在市国资委会议室举行。

这天上午不到 7 点，程事就让柳依依通知庄非凡、罗菲到办公室开会。他让庄非凡沙盘推演一下拍卖会可能出现的各种情况。庄非凡滔滔不绝地说，他手里拿着一串佛珠不停地数，一言不发，好像是一个局外人。庄非凡说完后，大约沉静了半分钟，他只说了一句话，不管情况如何，我们势在必得，我会安排外围配合你们的，放手去搏！然后，他干净利落地把手一挥，去吧。像吹响了出征的号角。

拍卖会由正邦拍卖公司负责组织。现场有 6 家投资者代表，有 30 位春华厂的职工代表，还有市里有关监管部门的代表。本市民营企业一世集团、市属国有企业城发集团、省城的省属国有企业环球投资、港资的世贸控股等 6 家企业参加。

拍卖现场空气仿佛凝结了，让人觉得压抑难受，几乎要窒息了。参加竞拍的企业代表表情麻木僵硬，谁都没有说话，现场静悄悄的。一场激烈的战斗，即将打响。

春华厂的职工代表个个炯炯有神，精神饱满，不停地东张西望，他们要盯住每一个细节，对参加竞标的企业代表扫了一遍又一遍，像用目光给人家透视体检，生怕漏掉一些细节。此刻，他们作为春华厂的主人，有的紧张，有的神圣，像是为女儿找婆家。

庄非凡、罗菲代表一世集团参加投标。两人脸上同样没有笑容，肩上扛着程事重重的嘱托。

上午 9 点，拍卖师干净利落地宣布："春华厂改制资产并购竞标拍卖会现在开始。首先宣布一下规则：先宣布底价，然后，大家举牌加价，每加一个价位为 500 万，直至最后无人举牌加价。现在，宣布底价为 1 亿。大家开始竞价。"

世贸控股首先举牌，加价 500 万，没等拍卖师话音落下，庄非凡举牌，加价 500 万，再就是城发集团代表举牌，加价 500 万。经过三次竞价后，总价已经达到 1.15 亿了。

庄非凡在城发集团代表举牌后，悄悄观察其他几家企业代表的动向。他看到本地两家小的民营企业代表坐在那里纹丝不动，像是来看热闹的，此事似乎与他们无关，牌子放在座位旁睡觉。

　　庄非凡让罗菲微信视频连线程事。程事坐在办公室的老板椅上，就像在前敌指挥所，他左手端着鸡血茶缸，不断冒着热气。他非常平静地听罗菲小声汇报。罗菲汇报完后，他用拳头猛地敲了三下老板桌。那响声震得罗菲耳鸣。最后，他低声而有力地说："接着干。"他的神态活像前线指挥激战的将军。

　　庄非凡蓦地又增添了力量。他又举了一轮，总价达到1.2亿了。他的眼睛盯着城发集团、环球投资和世贸控股的代表，心里直打鼓，小心脏都快要蹦出来了。环球投资的代表将牌子举到一半时，被另一个像领导一样的人用手压了下去。他又盯着世贸控股的代表。世贸控股的代表东张西望，好像寻找再次举牌的力量，后来脑袋也耷拉了，退出竞争。城发集团的代表正在低头小声打电话。城发集团是凤城最大的国有投资平台，几乎垄断了凤城的基础设施建设。有人说它是凤城的第二财政，资产有100多亿，每年发债融资20多亿元，实力非常雄厚。但它只修路架桥，路修通、桥修通后，再把周边土地卖给其他公司开发房地产。这次如此看好春华厂的改制资产，看来也是相中了那150多亩土地。城发集团的代表把牌子举得高高的，像好斗的公鸡。

　　此时，庄非凡已满头大汗。他向视频里的程事请示："干不干？"程事干脆利落地回复："干。"庄非凡看到老板志在必得，他又举了一次，仿佛托着500万现金，他举牌的手有点颤抖了。

　　"一世集团再加价500万，总价1.3亿元。还有举牌的吗？"拍卖师大声唱标。

　　城发集团的代表又在低头通话。

"还有吗？"拍卖师又问了一声。正当城发集团的代表欲举牌时，会场外传来了吵闹声：

"你这个流氓，你怎么在公众场合非礼我呢？快来抓流氓啊——"

有人打开门，从会场里冲了出去。

"抓流氓啊。"一个时尚的姑娘正拖着一个小伙子大喊。

"怎么回事？"

"他想非礼我，非礼我——"那个姑娘大声痛哭起来。

拍卖现场有点失控，更多的人站起来往外冲，高声说话，没有人再关心里面的拍卖。

"还有举牌吗？1、2、3，成交。一世集团以总价1.3亿元，竞拍成功。"拍卖师一锤定音。

庄非凡大大地松了一口气。他在视频里看见程老板右手伸出"V"形，从老板椅上跳了下去。他从没见过年过半百的老板如此兴奋。

庄非凡快速签字确认，与罗菲一起走出会场。此时，柳依依在外面正拖着小强大声说："他非礼我，你们要帮我主持公道。"庄非凡莫名其妙，小强就是给他一百个胆也不敢对柳依依非礼啊。庄非凡走过去问柳依依："怎么回事？"

"大哥，你帮我啊，这个人一直在死皮赖脸追我，想跟我谈恋爱，他不就是家里有几个臭钱吗？我走哪里，就跟到哪里，刚才还趁机揩油，非礼我。"柳依依一把鼻涕一把眼泪地哭诉着，小强像个犯人，低着头，脸色苍白。

罗菲看出了端倪，想起出发时程老板提醒她，让她见机行事。这个现场应该就是老板讲的见机行事吧。因此，她快速挤进人群，对柳依依训斥起来："叫你在家待着，就是不听话，非要来看热闹，看什么看？小强追求你，有什么错？在大庭广众之下丢人现眼，不害羞啊。走，跟我回去。"一把拖着柳依依走了。

众人一头雾水，叽叽喳喳，索然无味地散了。春华厂的职工代表边走边说："厂子卖了一个好价钱。"

五

一世集团的现代牧场在马坡岭的山脚下。

马坡岭离凤城大约 30 公里，典型的湘南丘陵山地，一座小山丘连着一座小山丘，连绵起伏，像一朵朵蘑菇散落，更像湘南憨厚、实在的农民，默默地生，实实地长。山上长着湘南常见的油茶树和马尾松。清风吹过，松涛阵阵，白云朵朵。

诚信会计师事务所老王、小战和小马在庄非凡的陪同下，来到一世牧业。清新的山风，清新的空气，扑面而来，他们有些兴奋。

"这是一处适宜做康养的好地方。"老王说。

"适合康养的地方，特别适合牧业。有时，牲畜比人还要金贵，需要更好的水，更好的空气。"庄非凡答道。

"你们老板真是好眼光，有前瞻性。"小马附和。

几个人说着话进入了会议室。

他们受国资委的委托，负责对一世集团竞标并购春华厂改制资产进行资格后审。根据竞标并购流程安排，竞价成功并且资格审查通过后，才可以正式签订收购合同。

会议桌上，摆满了各种时令水果，有葡萄、西瓜、桃子，还有当地独有的红瓜子。庄非凡说："这些都是我们农场自己种植的，绝对绿色、有机。大家先尝尝。"小战拿了一个青中透红的桃子，咬了一口说："好吃，脆，甜，化渣。"大家就随意地吃起来。

老王对三个人进行了分工。他随庄非凡查看一世牧业的现场，小马、小战在会议室查看资料。

老王在庄非凡的陪同下，先来到生态猪场。远远地就有一股浓浓的异味直往鼻子里、肺腑里钻。老王想憋住气，试了几次，憋得直喘气，还干咳了几声。一排排猪圈，整齐划一，看上去规模庞大。他进入猪圈，看到的全是黑猪，每头猪的右后腿上，挂了一个编了号的牌子。也甚是好奇，问庄非凡："庄总，你们的猪怎么编号啊？"

"你可不知吧？我们的猪不但编号，而且还有传感器监测，每头猪的生长状况、瘦肉、肥肉比例，我们都掌握得清清楚楚，大数据呢。"

"这么先进啊？"

"那是，我们会根据掌握的数据，对每头猪进行个性化配食，确保营养均衡。"

"开了眼界。"

"整个养殖场存栏各类生态猪 20 万头，一年出栏 100 万头，全部出口港澳。"

"不错，不错。"

他们从生态猪养殖场出来，顺着碎石小路，爬上一个小山丘，来到一片开阔的草场。老王目测了一下，三四百亩。草场里，有近百头小黄牛稀稀散散地埋头啃草。天边几朵白云散淡地飘忽着，不时有一群群麻雀从空中飞过，划出优美的弧线，布谷、野鸡模糊的叫声从远处山林传来。一派田园牧歌景象。

"这是放养的生态牛。"

老王仔细看了看，也发现每头牛角上挂了一个编号。他又问庄非凡：

"牛也挂了传感器？"

"是的，跟生态猪养殖技术一样。我们准备把这套技术开发使用成熟后，申报国家专利，将来向全国推广。"庄非凡回道。

"是啊，值得搞，国家一直在鼓励农牧业现代化嘛，符合国家的发展战略。存栏生态牛多少头啊？"

"总共 500 头。"

"怎么才见 40 头呢？"

"我们整个养殖场是 5000 亩，共有 10 个这样的草场。每个草场有几十头。"

"哦，规模挺大的。"

老王随庄非凡走了一圈，开阔了视野，也觉得消耗了一些体力。回到会议室时，小马、小战两人已经闲聊起来了。老王问：

"资料看完了？收集完了？"

小马说："看完了。一世集团确实很有实力。从查实的资料和房屋权证、林权证等权证看，完全具有这个实力。一世牧业占地5000亩，存栏生猪20万头，小黄牛500头，年出口创汇收入4亿元。他们老板在加拿大温哥华还有三套海景别墅呢，每套别墅就值3000万。各类资产加起来达6亿元，远远超过竞标并购春华厂规定的3亿元资产规模的要求。"

"明天是不是就把资格审查报告出一下？"庄非凡问。

这时，老王的手机响起了，他走出会议室接电话。老王再次进去时变得有点严肃。他把庄非凡喊出会议室。他告诉庄非凡："刚才，国税局税务稽查大队打电话来，提醒我们要慎重。他们已接到举报，准备明天进入你们公司，进行税务稽查。"

庄非凡听后，感到事态严重。但他故作镇静地说："你放心，一世集团依法经营，不会偷税漏税，再说税务这块，也与你们资格审查没有什么关联，更何况只是一个电话呢？张三、李四都可以冒充税务局给你打电话呢。"

"不管怎样，你们自己要去摆平啊。"老王说。

老王接电话后，明显有了心事，情致不高，收集整理完资料，准备回凤城。庄非凡望着准备好的生态猪肉、牛肉，满脸苦笑。他也想尽快回公司，向程老板报告情况。因此，他没强留，把准备好的水果搬到他们车的后备厢。老王不小心碰开了一盒，看到里面有几捆"老人头"，他迅速合上，装着没看见，站起来跟庄非凡打招呼。小马、小战两人开心地在旁边聊天。庄非凡说:"每人两盒,生态、绿色、有机的水果,自己放心吃,不要拿去送人。"

"好的,我们一定自己吃。"

汽车很快消失在山谷里,惊起了层层尘埃。花喜鹊不甘寂寞的叫声在山谷里回荡,咒人一样地刺耳。庄非凡起了一身鸡皮疙瘩。他急急地开车往回赶。

庄非凡直接进入程事的办公室。他进去时,程事坐在老板椅上正用右手拍脑袋,满脸忧愁。他看到庄非凡进去,站起来惊讶地问:"这么快就回来了?没在牧业公司吃中饭?"

"会计事务所去了三个人,开始氛围很好,快要结束时,负责的人接了个电话,说什么国税局稽查大队的,要他们谨慎,还说明天就要进入公司进行税务稽查。他们中饭没吃就走了。不过,东西都拿走了。"庄非凡如实汇报。

"是的,国税局稽查大队明天来公司。"程事的声音有点低沉。

"老板,有没有觉得蹊跷啊?我们没参加竞标并购春华厂之前,风平浪静,一切平安无事,没有任何部门到公司来检查啊、稽查啊,最近又是公安局经侦队,又是税务局稽查队,一定是有人在背后搞鬼。我认为所有的一切就是冲着并购春华厂来的。"庄非凡把埋在心里的想法说了出来。

"是的,就是冲着这次并购来的,想把我们搞黄。"

"那,我们也要积极应对啊。"

程事没有马上回复庄非凡,而是在办公室不停地踱步,走几步停一下，不时用左手摸着下巴，扯着胡须，紧张地思考着。庄非凡很少看见程老板这个样子，仿佛觉得老板突然苍老了十岁，看来老板也感到很棘手了。庄非凡没想到当老板也这样难，我们遇到事情，可以推给老板，而到了老板这里，他能推给谁呢？天塌下来，也只有他来顶着。庄非凡坐在旁边，不敢吱声，唯恐打乱他的思维，乱了他的头绪，也生怕此时说话如不对口味，惹得老板发脾气骂人。程事不停地走走停停，停停走走，过了大约一刻钟，他停下了脚步，语气坚定地说："开弓没有回头箭，干，决不放弃，不惜一切代价都要拿下！"

庄非凡知道，老板已下了死决心，自绝退路，大有"舍得一身剐敢把皇帝拉下马"的气概。他又在心里暗自盘算，究竟是何方神仙在背后施暗箭让人防不胜防？他无法理出头绪，但他深深地感到，背后的力量强大，来势汹汹。

六

肖莹莹从众多佳丽中杀了出来。她正参加城发集团董事长助理应聘。三年前，她从师大音乐学院民族唱法专业本科毕业，人甜美，声音更甜美。她获得这个职位，除了甜美的形象外，并没发挥专业特长。因为复试的时候，城发集团董事长吴东西其实只考了一个很简单的问题。她靠自己临场经验发挥而获得这个职位。那个问题还真简单：1+1等于几？在她前面复试的三个姑娘出来后一致感叹：这是什么复试啊？还董事长亲自复试，哪个不知道 1+1 等于 2？考小学一年级学生？但她们均未获得这个职位，其中有两个模特，身材窈窕，脸蛋俊俏，气质超凡。轮到她时，吴东西同样问她："1+1 等于几?"她轻声回答："你说是几就是几。"她进去时，吴东西眼睛都没睁开看她，那时他已经不再抱任何希望了，觉得难以招到他心目中合适的助理。当听完肖莹莹的回答时，他眼睛一下就兴奋地睁开了。吴东西足足盯她看了至少 10 秒钟，她与他对视了一下，不好意思地低下头。吴东西没再问其他问题，用手拍了一下老板桌，说："就你了!"

其实，董事长助理的经验，肖莹莹已经有三年了，凭着她的艺术才华和悟性，她知道如何演绎这个角色。

不过，那个助理角色至今没浮出水面。

肖莹莹上班当天晚餐，吴东西招待 A 银行张行长。他把肖莹莹带去应酬。酒桌上，吴东西要她敬张行长的酒，她撒娇说："老板，喝酒，我看你的脸色；唱歌，你看我的脸色。不如清唱一首《九儿》，给领导助助酒兴，算是敬酒了。"吴东西虽有不悦，也只好作罢。她起着兰花手，唱了起来。她唱得如诉如泣，荡气回肠。大家都沉浸在她美妙的歌声里，现场鸦雀无声。歌声直往吴东西的心里钻，弄得痒痒的。她唱完后，张行长用劲鼓掌，说："吴董，助理专业水平很高，人美，歌更美，好艳福。"

肖莹莹甜美的歌声激发了大家嗨歌的欲望，大家就转场华天酒店 K 歌去了。在氤氲的灯光里，肖莹莹跟张行长对唱《夫妻双双把家还》，她边唱边跳，声情并茂。然后，又陪吴东西唱《相思风雨中》，仿佛一对热恋的情侣。之后，吴东西专门为她献上了一曲《迟来的爱》，唱得声嘶力竭。他走到肖莹莹身边，牵起她的手，色眯眯地盯着她。肖莹莹心想，吴东西果真不是什么好东西，不知道祸害了多少芳龄少女。在张行长唱《好久不见》时，肖莹莹请吴东西跳舞。吴东西的脚步跟不上节奏，她就让吴东西搂着她的水蛇腰，原地左右摇晃。送走客人后，肖莹莹为吴东西唱了一首《遇上你是我的缘》，娇滴滴，甜腻腻。不知道是她的歌声让吴东西陶醉了，还是真喝醉了，吴东西坐在沙发上打起了呼噜。她听到吴东西手机响了几声，有微信来了。她好奇地拿起吴东西的手机偷看。微信是张国庆发来的。

"老板，明天税务局稽查大队进场，后天市工商联也会去调查。"

肖莹莹看完后立即气愤起来。如果有刀，她可能真会拿起来，一刀把他剁了。原来真是他们在背后干的！她把吴东西摇醒，说："老板，时间不早了，咱们撤吧。"

她不露声色地把吴东西送上车，转身给程事打电话说："马上见面，有急情。"

程事一股酒味，匆匆进屋。她跑过去抱着他哭起来："你让我干的好事，为什么把我推给那个狗东西？我现在都有想呕的感觉。呜呜呜——"

程事搂着她，轻声说："为了事业，只能委屈你了。你不深入虎穴，怎么把大事办成？快说，什么事？"

肖莹莹把张国庆发给吴东西的微信内容，复述给程事听。

程事终于明白了事情的原委，证实了自己的判断。但他怎么也想不通一家国企跟民企竞争干吗要采用这样的手段呢？他心中的怒火蓦地升了起来。他松开肖莹莹，一把把她推开，拿起桌上一只玻璃杯砸在自己脚上，他的脚没有动一下，而杯子却已经粉身碎骨，撒了一地。

　　肖莹莹在旁看傻了。她从没见程事如此无声地发怒。她知道他心中的怒火有多高，心中的愤慨有多重！但她也知道，他心中一定有办法。她抱着他，用舌头舔了舔他的脸，用她的柔情纾解他的怒火和压力。

　　肖莹莹是程事的"助理"。她上师大音乐学院四年的学费、生活费都是程事资助的。她大学毕业后出于感恩跟他在一起。程事买了这套公寓，成了他俩幽会的地方。那天新闻发布会上，程事骂她。肖玉娥的确是她老妈。在他俩商量基金会发布会上春华厂资助给谁时，他俩商量了很久，商量来商量去，最后决定让她妈肖玉娥去，肖莹莹的理由是自己的老妈可控，不会出什么幺蛾子，可是最后差点被她老妈砸了场子。

　　而让她去城发集团应聘董事长助理，程事也是出于无奈。他需要她深入虎穴！他早就猜想到城发集团在不择手段地背后乱搞，但他掌握不了实情和准确情报。为了并购成功，除了她，并没有其他的筹码和武器了。并购一个项目，自己的女人被人家并购，也在所不惜。哪个男人愿意？在无路可走时，只能出险招，哪怕赔了夫人又折兵，哪怕肉包子打狗有去无回，也比束手就擒、俯首称臣强。程事横下了心。只要他横下心，就是九头牛也是拉不回的。他当然知道，有财富就会有女人；没有财富，想女人的心都不要有。为了让她去应聘，他做了一通宵的工作，她一直坚持不松口。

直到最后，程事摊牌说："现在只有你可以救我了，快到口的肉，不能被人家玩阴招搞没了。并购春华厂，对于我的事业和个人财富是跨越式的，说不定成为凤城的首富。我资助你这么多年，你以为我只想跟你在一起吗？只想跟你鱼水之欢吗？那你也太低看我了。如果你不愿帮助我，那么从明天开始就终止我们之间的关系。"

肖莹莹痛哭流涕。她在心底珍惜程事的恩情。除了回报他的恩情，此时她更多地认为自己不过是他的工具。她内心的自尊受到了深深的伤害，犹如万箭穿心。但她念及程事最初那么无私、那么无怨无悔的资助。没有他的支持，也许自己早就是广东某个工厂的打工妹了，哪还能去师大音乐学院念书？为了他的事业，她豁出去了。没有办法，谁让她欠他的呢！她帮程事干了这桩事情，算是对他的报答，将来一笔两清，不再欠他的。她内心痛苦地挣扎着。

吴东西让她请张国庆到办公室商量工作。张国庆到后，吴东西说："国庆，这个事情办得不错，但一要抓紧，二要注意保密，不要让别人知道我们国企也玩这见不得人的套路。"

"老板，你放心，全公司没有任何人知道，我直接操盘。"

"好！收购成功后，你去兼董事长，在凤城创造个历史，你老子当过厂长，儿子又去当董事长，子承父业。"

"老板，不瞒你说，我就是为了这个情结。我老爹当年心有不甘啊，他没实现的愿望我接着来干。所以，还望老板支持和成全。"

肖莹莹浑身发抖，脑袋嗡嗡响，像一锅沸腾的粥。张国庆是张建国的儿子，他俩居然是同父异母的兄妹。她已长到二十五岁了，哪怕生活再困苦，过得多么落魄，肖玉娥从来就没让她认过那个父亲，但她身上也是流着张建国的血，这个事实是谁也无法否认的。程事莫非会看命相？他从大一时开始资助我，难道就是为了今天这一出戏？世间多作弄，让她理不清，承受不起。

七

好又登大酒店下午的咖啡厅里弥漫着香味，充满慵懒、散漫的气息。程事径直走进咖啡厅。他约了吴东西在包厢里见面。他落座后从落地窗望去，看到吴东西也来了。吴东西肥头大耳，挺着大啤酒肚，头发梳得油光锃亮，夹着手包，悠闲地走进来。程事见他应约来了，右手不由自主地悄悄握了一下拳头，咬了咬牙，心里直骂挨千刀的。他站起来，满脸笑容地跟吴东西握手说："吴老板好！吴老板好！"

"程老板潇洒，下午还有时间来喝咖啡？"吴东西不客气地坐在他对面的沙发上，老大的派头。

"难死了，请您来喝咖啡，有一事相求。"程事开门见山。

"什么难事？"

"还不是并购春华厂的事情！"程事愁容满面，直接点题，试探试探他。

"听说了一点。"吴东西轻描淡写。

"吴老板，城发集团是凤城最大的国企，对你们来说春华厂只是个小项目，但我想不通究竟什么原因您这么在乎?"程事继续追问。

"哎，程老板，国企是集体决策，家难当呢。"吴东西摊开双手，表示为难，让人感觉情况十分复杂。

"还不是您老板一句话?"程事把身体向吴东西那边伸了伸，眼睛直盯着他，让吴东西感到咄咄逼人。

"哪里咯。"吴东西身体往沙发上靠，摆出一个葛优躺，一副事不关己的神情。

"恳请您支持我，有什么条件尽管说。城发集团并购春华厂后，您个人也没有什么实际利益。"程事直接挑明。

"程老板讲得有道理，收不收购春华厂，与我个人没什么关系，无非增加一点业绩而已。而你程老板就不一样了，是吧?"吴东西看着程事，眼光复杂地暗示。程事读懂了他眼神的内涵。其实，他早就准备好了，都是老江湖，不会打无准备之战。这时他顺手拿出一个电脑包递给吴东西，并张开左手，伸出一个大大的"5"字。吴东西看了看鼓鼓的电脑包，心知肚明"5"是什么意思，也知道电脑包里装了什么。他说："程老板客气。"

"请您笑纳，帮我解这个局。"

"程老板这么爽快，那我就不客气了。"吴东西推辞了一下，把电脑包拿着放在座位旁，端起咖啡喝了一小口。然后说："我回去试着做做工作吧。"

"知道您一言九鼎。"程事也端起咖啡，与吴东西碰了一下杯。

"我先把那些节外生枝的事情立即终止掉。"吴东西提着电脑包，起身告辞。

"好，不远送。"程事说完后，端起咖啡又喝了一口，用手扶了扶镜架，轻松地呼吸了几口空气。

当吴东西走到咖啡厅门口时，程事在后面用右手手指握成手枪形状，对着他的背影模拟开了两枪，啪，啪。尽管自己的伤口被吴东西撒了一把盐，敲诈了一笔，但心里的石头反而放了下来，轻松了许多。他喝了几口咖啡，居然轻声吹起了口哨。太阳从窗外照进来，他懒懒地有了睡意。不一会，就响起了鼾声。

吴东西打电话给张国庆："你在哪里？"

"在市工商联。"

"快回来，有急事相商。"

半个小时后，张国庆气喘吁吁地走进吴东西的办公室。吴东西让肖莹莹泡了一杯南岳云雾茶，绿绿的茶叶清白地悬着，一股股清香溢出来。

"国庆，我刚才接到刘秘书的电话。"吴东西慢条斯理地说。

"哪个刘秘书？"张国庆急切地问。

"市委金山书记秘书。"吴东西故弄玄虚。

"哦，传达金书记什么指示？"

"刘秘书说，金山书记在骂人。"

"骂谁啊？与我们有什么关系？"

"金山书记说，人家程事风格多高啊，刚刚才开完扶贫解困基金会新闻发布会，捐助100万，电视台、报纸、网络媒体报道他捐助下岗困难职工，支持企业改制，参加春华厂改制资产并购，可是，现在却有公安局经侦队、税务局稽查队等进入他的企业查这样，查那样，以后还有谁敢再做公益？谁还敢再参与国企改革？"

"书记怎么知道呢？"张国庆不解。

"你难道不知道程事在凤城的能量？他又不找书记要官，找书记还用避嫌吗？估计也找书记汇报了。"

"怎么办？"

"赶快停止吧。不要为了你父亲的一个未了的夙愿，弄得我俩的乌纱帽都保不了，何必呢？"

"好吧。我马上给国税局、工商联的兄弟们打电话，让他们别去折腾了。"张国庆虽有不甘，但毕竟所做的事情也见不得光，将来真查下来，是要丢乌纱帽的。

风平浪静一周后，诚信会计师事务所向国资委出具了资产审查评估报告，结论为：一世集团完全具有并购春华厂资产的能力，符合竞买资产要求。此后，国资委和正邦拍卖公司联合进行了公示。

当晚，张国庆垂头丧气地去看望张建国。已过古稀之年的张建国看到他失落的样子，关切地问："怎么回事？"张建国说："金山书记秘书给吴东西打了电话，要求城发集团放弃，确保一世集团并购成功。今天已经公示了，一世集团中标。"

张建国非常失望。但他只对张国庆说了句："没卵用。"说完后，就从茶几抽屉里拿出一盒烟，颤抖地打开，取出一支抽了起来，然后一阵猛咳。张国庆知道父亲戒烟很久了，但他同时知道，父亲内心极度失望，极度不满。烟雾里，他看到父亲阴沉的脸涨满了气泡。

八

就在公示结束的当天凌晨，凤城新闻网市民论坛上一个叫旁观者清的市民发了帖子。帖子写道：天下奇闻，猪、牛身上有编号，其实是一世集团找附近村民借的猪和牛，应付会计师事务所资格审查。借一天300元，因怕搞错，所以才编了号。帖子里还配了图，有鼻子有眼睛提到市委刘秘书介入了此事。一时网上围观群众议论纷纷，不断跟帖，有人直接骂：一世集团骗子，程事骗子，官商勾结。还有好事者将帖子转到了"天涯论坛"等国内几个著名的网络论坛上。上午8点，政府机关上班时，已有近百万的点击量。很多干部见面第一句就问："你看了吗？"一时引发了凤城的舆情风暴。

9点时，网管办的专题报告呈报给金山。金山非常气愤，拍着桌子问刘秘书："小刘，你参与了此事？"

小刘一头雾水，满是委屈，大声回复道："完全是诬陷，完全是诽谤，我对此事根本不知情。"

金山疾书批示：1. 终止春华厂改制资产并购。2. 请市纪委、审计局速核实，给市民一个交代。3. 国资委实事求是回复告知市民朋友，市委、市政府已采取果断措施进行调查，将对调查报告进行公示。

经查实，一世集团的确存在向村里农民借猪、借牛用来应付资格审查，的确存在资料作假、虚增资产的事实，竞标并购春华厂的资格被取消了。

国资委电话通知程事的时候，程事正在他的酒窖里，准备挑选庆功宴拟用的拉菲红酒。接完电话后，他手中的一瓶酒掉在了地上，酒渍洒在地上像一个心样。后来柳依依说，那是程老板的心碎了，血流满地。

刘秘书躺着中枪，被调离了岗位，安排到了市委办行政科，负责后勤事务去了。

一场舆情风暴，被快速果断平息下来。

之后，春华厂改制资产由国资委直接划拨给了城发集团，成为其全资子公司，改为春华实业有限公司，张国庆兼任董事长。职工得到了妥善安置，该内退的，办理内退；该身份置换的，身份置换，拿钱走人；一些供应商历年拖欠的账款也基本还清，春华厂脱胎换骨，又要轻装上阵了。

张国庆择了一个吉日上午，举行新公司的挂牌仪式。因有纪律规定，只能公司内部举行仪式，没有邀请市里领导出席，集团公司的领导、春华厂的管理层、部分职工代表参加。大红绸布盖着"春华实业有限公司"的铜牌，像一个新娘耐心等待新郎揭开红盖头。吴东西作为集团公司董事长，张国庆作为春华公司董事长，两人意气风发，喜笑颜开地揭牌。他俩一个站左边，一个站右边，在9点18分揭下了红绸布，新公司闪亮登场。同时，放起了烟花和鞭炮，退休职工腰鼓队敲起了腰鼓，鞭炮齐鸣，锣鼓喧天，好生热闹。

可是，在鞭炮声、鼓锣声里，吴东西被市纪委从庆典现场带走了。因涉嫌违纪，接受组织调查。这样喜庆的场景和氛围，对吴东西来说简直是莫大的讽刺。职工知道后，热情好像出炉的钢水遇到了冰山，一下就凉了，大家觉得兆头不好，腰鼓队的声音明显低了，没有了先前的亢奋和激越。

只有张建国嘴巴笑歪了。他没到现场，在离现场100米的地方远远观看，此时也是感慨良多，心潮澎湃。看到儿子忙进忙出，无比开心，仿佛看到自己当年为了春华厂苦心经营的影子。当年，他心有不甘啊，正要带领春华厂谋求转型时，让他失去了用武之地，这口气到现在想起来还憋的慌。凤城新闻网市民论坛那个帖子，值。他在心里为自己点了一个大大的赞，仿佛是他在并购了春华厂这场马拉松比赛中，率先冲过终点，他是最后的胜利者。

其实，还有一位旁观者。就是朱光。他不喜欢热闹。挂牌的时候，他也站在远处的一棵樟树下，看着厂门口锣鼓喧天，气球飘舞，吊着的心总算放下来了。自从春华厂启动改制以来，他一直胆战心惊着，总担心私人买走了春华厂后乱折腾，最终厂子没了，开发房地产，莫名其妙地在厂区建出几十栋高楼大厦，让他的回忆成为一段虚无缥缈的历史。挂牌的当晚，他还趁着月色，再次摸进了车工车间，摸到他操作了一辈子的车床，他的手有点发抖，目光迷离，但能感觉到他像抚摸孩子样轻轻地摸了又摸，远去的时光仿佛回流，让他精神振奋。尽管车床生冷死硬，也不通人情，可是从这些床子，他车出了多少如镜面的轴承，为他带来了莫大的荣誉，还评上了省劳模呢。朦胧的月光照在车床上，反射着暗淡模糊的光，照在他沧桑的脸上变成飘荡细碎的星斑。他脸上的沟壑有岁月填不满的不舍。

过了几天，吴东西就出来了。有人举报他受贿了一世集团50万元。经纪委调查核实，吴东西在天下奇闻的帖子出来后，悄悄将钱交给了公司监察室。只是他有生活作风问题，跟公司两个女员工有暧昧关系，对他免职处理。

张国庆接任集团公司董事长。

吴东西被免职后，张国庆念及他曾经提携、关照自己的恩情，也不安排具体的工作，任他上自由班。但吴东西觉得无味，也无聊。一天，他找到了程事说："程老板，给你打工，行不行?"程事觉得他能力不错，正是年富力强做事情的时候，尤其在竞标并购春华厂改制资产时，后来还是蛮给力的，如果不是有人搅局，这个事情也就成了。因此，程事聘他为副总裁。肖莹莹知道后提醒程事："吴东西是趋炎附势之人，你要当心。"程事不耐烦地说："妇人之见。"

九

春华实业公司不咸不淡地经营着，没有出现真正的脱胎换骨。可时间已把当时改制的一些风波熨得妥妥帖帖。程事前次并购花了那么大的代价，最终事与愿违，壮志未酬，就像猎人好不容易等来了猎物出现，却又让猎物稍纵即逝，那是终身的遗憾。他一直在寻找机会，一直在等待机会。机会是会眷念有心人的。机会终于又来了。他跟肖莹莹面授机宜。她又看到了那个不忘初心的人。她终于明白了，这么久不让她离开春华公司，还是为了并购。是啊，她跟张国庆是同父异母的兄妹，这层关系让程事机关算尽，真是到了黄河心也不死。

肖莹莹找了一个机会跟张国庆交流。

"张董，现在国家鼓励管理层收购，你没有一点想法？"

"想啊，但没有钱。"

"你的职务就是一张纸，哪天上面一张红头文件就把你免了。何不趁现在的政策实行管理层收购？"

"巧妇难为无米之炊。没有钱，一切无从谈起。"

"你愿意吗？如果愿意，我有渠道筹措资金。筹措一点，自己凑一点，我也参与，我们一起来。"

"当然行。"

这次交流后，肖莹莹在心里还真把张国庆当成了哥哥。只是她一直不敢挑明而已。其实，张国庆对肖莹莹从来就定位为上下级，从来就没表现出一丁点的特殊关系，哪怕一丝公事公办以外的微笑。也许他认为那是父亲张建国与肖玉娥扯不清的陈年旧账，作为子女谁有能力去面对和触碰那些尘封的尴尬往事？

经过一段时间谋划，张国庆、肖莹莹联合核心管理者对春华实业公司提出了管理层收购方案。肖莹莹出资 3000 万元，占新公司 30% 的股份；张国庆把张建国的全部家底都挤了出来，父子俩只凑了 200 万，肖莹莹借给他 300 万，合计出资 500 万，占 5%；其他的核心骨干也都积极参加。管理层收购方案很快获得市国资委批复，新春华实业公司实现了彻底的改制，完全变成了民营企业。根据持股比例，肖莹莹担任董事长，张国庆为董事。新公司开业当天，一世集团在凤城日报第四版打了整版祝贺广告。

程事在好又登大酒店订了最大的宴会包厢，他要为肖莹莹庆功。程事再次开启拉菲红酒。他对肖莹莹说："为你庆功！祝贺肖董事长！"肖莹莹看到这个场面，对他说："你是不是疯了？"

"我清醒得很，订这么大的包厢，就是要表达我最后控股收购春华厂的喜悦，今夜不醉不归！"程事说完，端起酒杯倒上满满一杯，跟她碰了一下，然后仰头就干了，接着就哈哈大笑起来。"太爽了！"他说。自己是最后的胜利者，春华厂最终还是被收购到名下。该弹冠相庆了，该好好喝杯庆功酒了。但他吸取前次的经验教训，变得很谨慎，对外不能宣传他程事控股收购，怕又折腾出什么幺蛾子。所以，他只跟肖莹莹两个人庆功，只能在肖莹莹面前放肆一点。那晚，他的确喝醉了，可是就算喝醉了，他也把两件事情办妥了。一件是将肖莹莹现在住的公寓楼，在书面赠予书上签字，他要把这套房子作为肖莹莹并购春华厂的奖励，送给她。另一件是让肖莹莹在3300万的借条上签了字，他怕肖莹莹将来不认账，让他前功尽弃，人财两空。

那晚，张建国也很高兴，喝了一点小酒后在生活区里散步时，遇见了朱光。朱光七十多了，背已驼得像虾米了，从朦胧的夜色望去，其实更像弯曲倔强的轴承。张建国对朱光说："春华厂现在是我老张家的了，我女儿和儿子加起来的股份，已经控股了。女儿当董事长，儿子当董事。你当年向市委告状有鸟用，我不当厂长了，我的儿女接班，还控股收购了这个厂。"朱光受到了莫大的羞辱，青筋暴露，一言不发，气冲冲地消失在朦胧的夜色里。第二天早晨，公司保安巡逻时发现，朱光戴着省劳模的荣誉勋章吊死在他操作了一辈子的车床上。事后有人说，朱光眼珠暴了出来，鼓得很大，不知带着多大的怨气。在料理他后事时，肖玉娥哭成了泪人，如丧考妣。

过了几天，又有人在凤城新闻网市民论坛上发帖，说肖莹莹是代为持股，所谓管理层收购，其实是程事控股收购。跟帖者众。正是那天，吴东西从一世集团辞职。程事骂他："不是东西！终究不是东西！"

金山再次要求调查。后来，国资委向他呈报了专题报告，得出结论为：程序合法，无违法、违纪之处。金山在报告上批示：一地鸡毛。

肖玉娥之后免费在新公司当保安。她手里长期拿着那根长长的轴承，亮光闪闪，透着无声的威严，比其他保安手里的电棒还管用。张建国至死都没敢靠近公司大门一步。

十

那时，应该是六月，一个初夏疯长的时节。凤城组织企业家到欧洲考察城市建设，肖莹莹随团参与。在浪漫的巴黎，在埃菲尔铁塔下，遇见了分别多年的大学同学郭剑。郭同学在大一的时候就开始猛烈追求她。若不是她苦于贫困，苦于郭同学条件太好，也许早就投怀送抱了，说不定已走进婚姻的殿堂。她喜欢他，深深地感受到他的激情和爱意。但因差距而引发的自卑让她无法接受，只能藏在心里，刻在骨子里。她想只要毕业了，郭同学这份情感就会消失。郭同学家在长沙做工程机械，国内响当当的品牌。他一毕业，家里就安排他到欧洲公司学习做国际贸易，经过这几年历练，现在已是欧洲公司的总经理了。他乡偶遇郭同学，让肖莹莹十分震惊。郭同学仍是单身，家里一直催促找对象结婚。郭同学了解到她未婚时，像法国小伙子一样再次火热地向她发起猛烈的攻击，像海啸，像飓风，让她无法抗拒，无法阻挡。她也扯掉了那份伪装的矜持，一五一十地把埋在心里的情感倾诉出来。经历了时光的洗礼与发酵，这份情感撼动了他俩心中那根弦，交织着，碰撞着，燃烧着。在欧洲一圈下来，两人已是难舍难分，订下终身。

肖莹莹从欧洲回来不到两个月，郭同学拿了一张4000万的支票来到凤城。郭同学在欧洲待了几年，行事风格完全欧化了。他要肖莹莹归还改制时从程事那里借的 3000 万，同时，把张建国借的 300 万一并归还。他让肖莹莹成为名副其实的控股股东。他完全不知道整个事情的原委，也不需要知道。他要肖莹莹遵守契约，既然是借程事的钱，就如数归还，一笔两清，一了百了。

肖莹莹再次遇到了真爱，连日来痛苦不堪，一边是曾经的恩人，一边是真爱，如鱼刺卡喉，进也不是，退也不是。但与程事这种不明不白的关系，充当他的工具，让她厌烦了，早就想要割舍了。就算在法国不遇见郭同学，她也已经下定决心与他两清了，要寻找自己的归宿。肖莹莹眼泪汪汪地找到程事沟通，程事威胁道："莹莹，你不要做得太绝。如果这样，就在网上公开一些事情，让你身败名裂。"

程事绝情无赖的话语让她伤心透了，觉得再与他商量沟通不会有什么结果。她也绝情地说："随你便吧，我们之间的所有事情，我都已经跟郭剑敞开讲清楚了，没有关系！这几年经历的一切，让我从骨子里看清楚了你。游戏该结束了！"

程事暴跳如雷，他万万没想到肖莹莹最终会抛弃他，离他远去。他拿出她写的借条扬了扬，当着她的面撕得粉碎抛在空中，像一朵朵无辜的栀子花飘零四落。然后，他狠狠地说："我撕了它，看你能怎样？你敢再提出，我就杀了你。你这个忘恩负义的东西！"程事就像一个暴徒。说完后他又紧紧抱着她痛哭。她挣扎着要离开。他忽然松开手，蓦地跪在她面前说："莹莹，你不要这样无情，看在这么多年的情分上，请你不要这样。"

程事跪下去，反而让肖莹莹更加恶心，更加坚定了想法，她以为他跪的不是情，而是钱，是钱。为了钱，他可以放弃一切。他这么多年刻在她心中的形象彻底粉碎。那时，她真想呕，吐他一脸的秽物。她用力甩开他，头也不回地走了。

肖莹莹跟程事沟通无果后，郭同学欧化行事风格完全体现了出来。第二天他带上律师和保安，轰轰烈烈地找程事摊牌。郭同学见到程事后却不说话，一切委托律师处理。律师跟程事说："我是肖莹莹的委托律师，关于你借款给她收购春华厂的借条复印件及其他相关证据全在这里。她信守承诺，要把借你的钱如数归还。"

程事看到借条的复印件与原件一致，他暴跳起来，大骂："这个挨千刀的，那天趁我喝醉了还复印了一份，天下最毒妇人心！"

"不要侮辱人。"律师提醒。

"认还是不认？认了就结了，不认的话，以后免谈，反正今天是最后通牒，春华厂与你没有任何法律上、股权上的关系，借你的钱，你什么时候想清楚了，再找我们吧。"律师最后强硬地告知。

程事瘫倒在地上，抱头大哭起来。五十多岁的汉子被击倒了，失败、委屈、痛苦、伤心，像雪崩一样压过来。郭同学站起来走到他身边，用手撸了摸他的脑袋。过了好一阵，他爬起来跟郭同学说：

"我付出这么大，可不可以最后给点补偿？"

"考虑你曾经对莹莹的恩情和资助，加 1000 万作为利息及补偿，一了百了。"郭同学十分爽快。

郭同学与程事商定，次日上午9点在好又登大酒店举行债务清偿协议签字仪式。郭同学、程事、庄非凡、律师等人应约准时到达。郭同学还准备了白兰地香槟。一旦签字完成，他将打开香槟举杯欢庆。肖莹莹却一直未见身影。郭同学不停地拨打她的手机，一直无法接通，直到晚上12点。白兰地香槟终究未开启。

从那以后，程事的身体出现了状况，晕眩，气虚，伴随秃顶，不到一个月，脑门心的头发掉完了，人家说是鬼剃头，到省城医院看了最好的医生，服用了各类药，没有一点用，两个月后头发掉光了。柳依依一句戏言反倒提醒了他。柳依依说："在马坡岭有一处小寺庙，老板去那里修身养性一段时间，也许有帮助。"程事听了柳依依的建议，到了马坡岭，一心向佛。真奇怪了，一周后他居然心不虚，气不喘，头不晕，唯有头发无法长起，活像一个弥勒佛。从此，他不再问经营。

凡人旧事六题

月儿弯弯

我们这寨口处的位置较高，总能早早地望着月儿慢慢地升高，慢慢地变圆，然后又慢慢地变缺。美满的日子就这么慢悠悠地泊在大伯爷干瘪的目光里，自由自在地流。

大伯爷每至月亮光光美美地洒满一地以后，就拄着他的拐杖，拄着他疲惫的影子从破宅子里走出。

夜风悠悠。

月光溶溶。

大伯爷这时的神情极佳极好，走到那棵千年古榕树下，忽闪着那一星一星的烟火，然后拉着我们坐成一个圈，讲西瓜的故事。

从前有个人种西瓜，从这么大长到这么大，又从这么大长到这么大，这么大这么大。

　　他边说边用枯焦的手比画着。待他说到"这么大这么大"时，就用手往旁边轻轻一摆，我们就被他搞翻在地，然后就问他要糖吃。他就一边说着"有，有，大大的有"，一边把糖撒了一地，让我们去抢，然后我们蛮有味地吃。

　　他看着我们都吃得有滋有味的，就抽出别在他腰上的牛角烟杆，闷闷地吸。那烟火一闪一闪地藏得极幽深，然后，就听着他接二连三的叹息。

　　我们一听着他叹息，就问他是不是嫦娥被王母娘娘关在屋子里了？他不作声。只是使劲猛吸，吸得烟雾缭绕，看也看不清他。偶尔，他还对着弯弯的月牙呆望，不时举起他的拐杖指着月牙边的那颗星星说："多好啊多好啊！"说着说着那眼泪就一双一双地簌簌往下落。"大伯爷你咋了？"他总不说话，只是默默地望。

　　我回家躺在床上，想着大伯爷呆望着月牙流泪，总睡不着，爬过爹那边问他："大伯爷总是望着月牙哭，月亮上也有人在望他哭吗？"爹什么也没说，还"啪"地打了我一耳光。

　　有一天夜里，我早早地就睡了。爹跟娘说："老大也够造孽的，那年头养个女人也养不着，分点米就给老娘吃，哪像我，分的米就藏起来，可是自己老爹却抵不住得了水肿病死了，可后来我总算拖了你来……"

　　我听着听着，眼睛睁得圆滚滚的，侧身从我们那四四方方的小窗子望出去，天边正贴着一弯瘦得苍黄苍黄的月牙。

　　这夜的月亮蛮圆蛮亮，似乎把它所有的往事都将融在里边，骄傲地发出明亮的光。那千年古榕树筛落的银片在一起一伏地跳跃。

这月夜真美!

我们就都早早地围坐在那树下,等待着大伯爷慢慢悠悠地来讲故事。我们晓得,他今天一定蛮欢喜。因为那月亮又圆了。月圆的时候,他总是兴奋地讲许多许多我们数也数不清的故事,还给我们大捧大捧的糖让我们蛮有味地吃。

我们等了许久许久,圆月都快偏西了,还没看见大伯爷慢慢悠悠地来。

"大伯爷咋了?"

"大伯爷讨婆娘去了?"

"哎,我们又捞不到糖吃了。"

月亮真美。

这时,噼里啪啦地炸起了一串鞭炮,那鞭炮炸在空中击起许多许多的火花。

"做什么?"

"嫁人了?"

"捡炮去——"

我们一窝蜂似的跑去,是大伯爷放的炮仗。我们走进屋,却是他一人在那空落落的屋里摆了一桌菜,独自喝酒。他看都没看我们一眼,只把头埋得很低很低,像藏着许多的故事。忽然他叫我过去。"毛毛,过来给大伯爷筛杯酒,给你吃这个鸡腿。"我过去筛了满满的一杯,刚抬头看他时,却见他满脸是泪,那泪落在酒杯里"啪啪"地响。然后,他颤巍巍地夹起那个大鸡腿给我。他们那些人眼睁睁地望着我,使劲喊"毛毛,毛毛",我拿着鸡腿哗啦哗啦跑了回去。

爹不在家，娘在。我举着鸡腿告诉娘："大伯爷给的，我给他筛了酒。"娘听我一说，脸变得蛮难看，她突然举起巴掌要打我，刚要落时眼里已是满满的泪了。她没有打我，手却重重地打在自己的胸口上。我不明白娘为什么要哭？后来，娘进了房里，打开箱子翻了许久许久，然后抖抖索索地拿出一套新衣，叫我给大伯爷送去。

我到大伯爷家时，却发现他独个儿在面红耳赤地猜拳。两个手一起出，"全福寿——高升"，"全福寿——八字好"，使劲地喊，然后就"你喝你喝"地筛满一杯一饮而尽。那空落落的房子被震得"铛铛"地响。

月亮这时已爬上山顶顶了。

翌日，我刚爬起来揉眼睛站在大门口撒尿，六崽跑过来告诉我："大伯爷昨夜死了。"

我很惑然。大伯爷昨夜还给了鸡腿的怎么就死了？

我挤进人群里。别人见我来了就使劲地喊：

"毛毛，还不给你爹磕头？"

"胡说！我爹昨天下地了，今天还没回来。"

但我不明白大伯爷为什么穿着我娘给的新衣服死？

天作的水墨画

老王从哪天开始在湘江边钓鱼的，他自己不记得。只要不下雨或落雪，每天下午 3 点，他会准时在江边出现。他的装备简单至极，一根海竿，一张折叠小木凳，一个蛇皮袋，零星的鱼食，外加一把太阳伞。每天到达后，他弯下无法再弯的腰，坐在小方凳上，慢慢悠悠拿出海竿，再慢慢悠悠往鱼钩上装食，"喔哟——"喊一声，用力把竿子甩出去。有时江风大，鱼钩可能会甩得远一点，但大多数情况鱼钩只漂在眼前。他再慢慢悠悠撑开太阳伞，把自己装进伞的阴影里。之后，就开始望天空，看白云一朵一朵悠然飘，望江面上三五只水鸟贴着水面飞，数江中过往的船只呜呜地用力航行。有时，实在无味，就看高楼大厦的倒影随江水波纹一晃一晃。他不看钓竿，也不换鱼食，任鱼钩在水里漂。鱼钩一漂一漂的，就近了黄昏，夕阳照在太阳伞上，他总在太阳伞的阴影里。夜，弥漫起来，浓重起来，跟他的眼色一样深。他就融进了夜色里。

一个平静的下午就走了。许多平静的下午走了。日子，随江水流，悄无声息。

当然也有不平静的时候。春末夏初的季节，湘南的天气犹如多变的少女，刚刚还暖阳照人，瞬间就会变，会急急地落上豆大的阵雨，哗啦哗啦的。遇到这样的情况，老王就跑到旁边的风雨亭躲上一阵。那次，他跑进风雨亭躲雨，刚坐下，一个老女人也跑进来躲雨。她没带伞，头发已被打湿，怀里抱着一团毛线和未织完的毛衣。

他坐在东边，无声地望雨。她坐在西边，无声地织毛衣。两个人互不打扰。雨下得欢，也下得久。下着下着，就把天下暗了，下黑了。

"老妹子，怎么还不回去？"老王憋不住了。

"雨停了再走。回去也是一个人。"

"黑灯瞎火的，一个人在这里，不安全。那我也等雨停再走吧。老妹子，怎么称呼你?"

"老杨。"

"我，老王。你怎么一个人到江边啊? 不安全，怕掉水里哩。"

"我那死鬼30年前，在江里炸鱼，结果把自己炸死了。他死时，我还在给他补一件旧毛衣。现在，我两个崽都是老板，有房有车还有钱，就是都忙。我闷着没事就给那个死鬼织毛衣，织一件，拆一件，再织。"

"命苦，但好福气，老妹子。"他轻声说，接着又说:"我老婆20年前走的。那时这里是码头，每天早晨6点半有渡船把住在市区的人运到江对面工厂上班。那天雾大，渡船撞上江中的货轮，我老婆是那次出事走的。我女崽在北京工作。要我去，我不去。我就在这里钓鱼。"

"注意你好久了，老哥哥，我看你不是钓鱼，是想钓嫂子，想她了。"

他眼睛眨了眨，凹的眼窝落了几滴雨，照亮了夜色。

他俩的话有的新鲜，有的沾满尘埃，像那哗啦哗啦的雨，总止不住。夜，被话挤满了，激活了。他俩忘记了雨，忘记了夜。

第二天下午3点，老王远远看到江边有一片彩霞。走近时，看到老杨穿了件红白相间的旗袍，头发梳得很精致，怀里还是抱着毛线和在织的毛衣。老王和老杨又说了好多好多话，话随江水流。

第三天，老王先到。第四天，老杨先到。第五天，老王、老杨同时到。他俩无话不说，说不完，道不尽，话语那么有味，火炉一样，暖。慢慢地，就成了规律，他俩每天都来，缺一不可。可是，有天下午，老杨缺席了。老王感觉天空缺了一个角，没劲，乏味。他急急地打老杨家里的座机，嘟嘟嘟，无人接；再打，还是没人接。他又翻出她大儿子的电话，打过去问。老杨大儿子告诉他，她重感冒，住院了。老王猴急猴急地赶到医院。那时老杨正在咳嗽，身体的颤抖牵动着输液瓶直摇晃。老王用手轻拍老杨的被子，关切地问："老妹子，怎么啦怎么啦？昨天下午还蛮好的，突然就感冒啦？"

"老骨头，没有用哩。"

老王坐在病床旁，老杨躺在病床上，紧一句，慢一句，两个话匣子又打开了好久。老杨的两个儿子像局外人，插不上嘴。

老杨出院没多久，老王女儿连哄带骗把他接到北京，原本要他住一个月，第三天，老杨给他打电话："你没在，太阳好冷哩。"第四天，他就不辞而别，从北京跑了回来。老王的女儿就发现了一个秘密。老杨的儿子也发现了这个秘密。老王的女儿与老杨的儿子商量，是否让他俩相守一起。一个下雪天，寒风呼啸，天寒地冻。老王无法出去钓鱼，老杨无法出去织毛衣。老王的女儿头天从北京回来看他。她与老杨的儿子相约聚一起，老王见着老杨，笑呵呵，像弥勒佛，老杨脸上有朵朵红云。儿女们想听一下他俩的意见。老杨说："我给那个死鬼的毛衣，还没织完呢。"而老王又说："我还没钓到那条鱼。"儿女们眼睛迷蒙。屋外，雪花静静地飘。

那之后，老三还去钓鱼，老杨还抱着毛线织毛衣，老王、老杨还有说不完、道不尽的话，絮絮叨叨。不问日出，只看黄昏，夕阳在江水里慢慢隐退，江风吹过他们的银发。

几年后，老王那个角先缺了，永远地成一个窟窿了。老王头七的下午，老杨抱着毛线、毛衣，在椅子上永远睡着了，夕阳照着她安详的脸，那姿势仿佛在倾听下一句话。

映山红

壮武是山里的孩子。几年前，父亲在 200 多里远的私人煤矿打工，煤矿发生瓦斯爆炸，父亲的命就丢在了矿井里。等到把所有遇难者的尸体全部刨出来时，已经无法辨认谁是谁了。县里就给集体葬了。矿老板赔了每人 50 万。母亲拿着 50 万到县城做生意，壮武在家孝敬 70 多岁的奶奶。母亲出去一年多，没有消息，更没有往家里寄钱寄物，像父亲一样无影无踪了。壮武一次无意中从婶婶那里隐隐约约听到。婶婶说，壮武娘在镇上跟一个广东佬合伙开了按摩院，后来被公安把店封了，血本无归。壮武娘跟着那个广东佬跑了。

壮武和奶奶相依为命。未成年的壮武像父亲一样，挑着父亲大山般的担子。

山里什么也没有。除了山，还是环绕的山。

村里的男人都去广东打工了。壮武未成年，尤其壮武父亲遇难的阴影压在奶奶的心头，奶奶死活也不肯让壮武出去打工。壮武只能依了奶奶。

这一年的天气出奇的好，温度比往年高许多。因此，春天的脚步来得早，没有等到清明节，山前屋后就开满了漫山遍野的映山红，妖艳，热烈，质朴。壮武每次打开房门，对面山上的映山红红艳艳地照耀过来，宣泄过来。壮武心想，这些映山红城里人应该喜欢，或许能换些钱。他想着，就有一种莫名的冲动，痒痒的。他怕奶奶阻止他，就悄悄背上背篓，跑到对面的山上，一枝一枝小心翼翼地采，上面还有青翠的雨滴，时而还能照出他的身影。一支烟的工夫，他摘了一背篓。他把这些映山红背到 30 里远的镇上卖，5 块钱一小束，10 块钱一大束，前后没有 1 小时，被镇上的姑娘抢空了，卖了 105 块。

壮武从来没有这么灿烂地笑过，就像这些映山红。

他给奶奶买了一双胶鞋，一件春天穿的上衣，还买了两斤猪肉。他想，奶奶也会笑得合不拢嘴。

之后，壮武在清明前后，把漫山遍野的映山红采完了，不但到镇上卖，还租车到 100 多里远的县城卖。

映山红把壮武养滋润了，也养肥了。前后盘算，他不但有了万把块钱的积蓄，还开阔了眼界。他已无法安心在山里待了。他跟奶奶说，我要到县城去开一个花店，平时卖外地的花，村里山上开花的季节，就组织人到村里来摘野山花，卖家乡的花。

就这样，在奶奶的叮嘱中，壮武离开了家，来到县城开了花店。花店的名字叫映山红。由于壮武卖映山红在县城有了小名气，人也活络，很快生意就越做越大。过了一年，就注册了一家映山红鲜花公司。壮武成了真正的老板。他的鲜花不但卖给散客，还有很多单位定制。

又是一年清明节。这天上午，壮武刚迈进办公室，负责业务接洽的小王就进来汇报。小王说："有个姑娘每天要买99朵映山红，连续买半个月，并且希望我们能够给她赊销。她要送到城边的陵园。"壮武觉得纳闷，买鲜花还要赊账呢。他让小王把姑娘请进办公室。姑娘说："我想赊账买半个月映山红，每天99朵。"壮武好奇地问："干什么呢？用这么多？你搞批发？"

"不是，送给我的前夫。今年清明是他一周年的祭日。"姑娘声音很低地说。

"不好意思。"壮武觉得这是一个痴心的姑娘。"为什么要这么多呢？"

"去年清明时，在瑶山里的扶贫点上涨桃花汛，山洪暴发，在救一个老奶奶时，他不小心被洪水冲走了。老奶奶得救了，他没了。他生前最喜欢映山红。他送给我的第一束花，就是在你这里买的映山红。向我求婚那年连续送了半个月，我才答应了他。"姑娘的脸上有了泪滴。

"原来是英雄！我全送给你！"壮武说话的声音喊山一样响。

壮武不但每天送了99朵映山红，还陪姑娘去祭奠了半个月。

慢慢地，姑娘走出了阴影。

慢慢地，他俩像映山红一样紧开在一起，热烈质朴，艳红了整片山。

黄　灯

张总是省城一家大型民企的老板。他从潇水河边一个渔村考到省城读大学，大学毕业后自主创业，通过十几年打拼，已成为省内知名大公司的老板。

这天，公司研究人事问题，从下午3点直到晚上12点。几个副总各怀鬼胎，争来争去，都希望自己的心腹上位。最后，仅办公室主任和人事部部长的人选就争执了四个多小时，没有结果，逼得他这个老板只能妥协，下次再议。

散会后，他觉得特别疲惫，坐在专车后排，没几分钟就打起了呼噜。

司机小王是他五年前亲自从当年复员的汽车兵中招来的，技术一流，驾车以来连剐擦的事故都没发生过。

"嘀——嘀——"，几声汽车喇叭突然猛叫，张总惊醒过来。他迷迷糊糊睁开双眼，看到小王正生气地又按喇叭，又打远光灯照前面，嘴巴还不停地骂人："妈的，想死啊？"

子夜时分，城市从白天的喧嚣中安静下来。这惊叫的喇叭声，划破夜空，像针一样扎在张总心上，刺得他瞬间清醒。他借着灯光，看到小区门口，一个老人穿着黄色反光背心，蹲在地上，用一把小铲子正在刮着什么。老人的神态专注中透着惊恐。张总发现，是小区物业人员正在加班。物业近段时间正在争创市里的文明示范小区。老人的神态，张总觉得很像父亲。他身上的黄色反光背心，像街头路口的黄色信号灯，提醒人们小心通过。

"你猪啊？没看到有人在做事？猪一样蠢！"张总发起了脾气。

张总回到家，躺在床上，翻来覆去睡不着，脑海里想起今年过春节回老家的情形。

那是腊月二十九下午，张总亲自开车，带着老婆、儿子，一家三口喜气洋洋回老家。每年回去，他都有一种光宗耀祖的感觉。车尾厢塞满了各种年货，还有给父母买的羽绒服和毛皮鞋等各种礼物。头天晚上，张总给母亲打电话告诉了她，第二天下午到家。

快到村口了，张总知道，老母亲一定早早等在那里了。

进村口时，五爷牵着一头水牛出去放养。水牛见到有汽车开过来，就站在路中间，八面威风，任凭五爷怎么用鞭子抽，水牛就是不走。水牛与汽车对阵上了。张总这时用力急促地按起了喇叭，用车的远光灯照向水牛，想把水牛赶走。水牛一下被激怒了，抬起头"嗷嗷"叫了几声，就用两个角去顶汽车，像斗架一样。

"真蠢了，蠢了！不要按喇叭，不要开灯！回到村子，不管是遇到人，还是遇到牲口，让路让行，不要以为了不起。在城里蠢了！"张总母亲不知从哪一路碎步跑过来，边跑边骂。

张总马上停止按喇叭，停止打远光灯。水牛一下就温顺了，五爷牵着它，水牛迈着轻盈的步伐，走了。

此时，张总在床上想起来，脸上还是辣辣的。

第二天，清晨7点，张总走出小区门口，准备走向专车。他看到门口围了一群人，这么早又发生了什么怪事？他隐隐约约听到，出车祸了，一辆渣土车在凌晨3点，把一个物业人员轧死了。他透过人群，发现街道边还有一件反光黄色背心，背心上浸满了血，像黄灯变成了红灯。他心里不是滋味，凄凄然。

张总到办公室后，把人事部分管合同工的副部长叫了过去，命令人事部立即把司机小王辞退，解除劳动合同。

人事部副部长只好莫名其妙地把司机小王辞退了。

小王无助地到张总办公室辞行。张总说："哪里都有黄灯，趁着黄灯还没变红灯时，一切还有救。"

小王不解，好生委屈。

独眼李

独眼李是我们村的木匠，独眼，姓李。

他瞎的是左眼。12 岁时，跟父亲学木匠，帮一户人家做新婚床，父亲刨木板，刨下的木屑飞到他眼里，把左眼扎坏了。上了县里、市里的医院诊治，均未让左眼重见阳光。

对他父亲而言，出现这样的状况简直是奇耻大辱。父亲的手艺是从爷爷那里继承下来的，爷爷的手艺是从老爷爷那里继承下来的，父传子，子承父，代代相传。方圆三十里，没有哪家不知道他们的手艺。父亲雕龙画凤，惟妙惟肖；砌屋上梁，毫厘不差。可是，自把独眼李的眼睛扎瞎后，他在外面做手艺状况不断。锯木材要么不整齐，要么锯到自己手；抛墨斗线常常抛不直，歪歪斜斜；刨木板也凹凸不平。更有甚者，做的东西最后无法成型了。

那年，父亲 49 岁，望着祖传的器具声声哀叹，退出江湖。

独眼李没有办法，在有的同龄人还在撒娇的年龄就只能背上祖传的器具，背上祖上的名声，更是背上父亲的期望和一家人的生计。那年，他15岁。

他接的第一个手艺，是村里张会计请做寿器（即棺材）。张会计父亲驾鹤西去。开始他怯怯地不敢接。那时村里也没其他手艺人，做也得做，不做也得做。他只能霸王硬上弓，揽下这活。可是开工后，却见他背着一根一根的圆木，风生水起。锯出的木料，周正，平整；刨出的木板，像过了水磨一样光滑；那些寿器盖上雕的飞龙走兽，个个栩栩如生。挑剔的张会计忍不住赞叹："后生了得，超过了他父亲！"

由此，他的名声开始在四邻八乡流传。

后来，他只继承了父亲做寿器的手艺，其他的活也做不过来。因此，他只做寿器。

小小年纪，送走了人家几多辛酸的岁月。

那年，邻村张婶男人在镇上做生意与人发生纠纷，失手让对方一命呜呼，张婶男人被判了死刑。一夜夫妻百日恩，张婶带着18岁的女儿，一把眼泪一把鼻涕地把男人尸体收了，拖到村外，支了一个简易的帐篷。按照村俗，死在外面的人是不能进村里祠堂的，更何况一个死刑犯！张婶又带着女儿请独眼李为男人做寿器。两个女人怕他不去，跪倒在地，一直不起来，泪眼婆娑。独眼李心碎了。大凡谁家老人百年，请他去做寿器，都是孝子来请，今天却是两个心碎的女人！他二话没说，扶起两个女人就去了。他想，虽然死者生前犯下罪行，但逝者已逝，还得让他入土为安。他像往常一样，把张婶男人的寿器做得很精细，没有省掉一点工序。两个女人感恩戴德。

谁知左邻右舍非常忌讳，之后就没人再请他去做寿器，门庭逐渐冷落，没活可做，独眼李慢慢地就把刨子、锯、墨斗等器具收藏起来，耕田种地，靠天吃饭，过着平淡的日子。

时间一晃过了八年。当人们差不多已经忘记独眼李还会木匠手艺的时候，一天傍晚，一辆丰田越野车开到了村口，下来人打听独眼李。原来是县长派人来请他去县城，为县长仙逝的父亲做寿器。独眼李心中惶惶，毕竟手艺已经荒废多年了，他不敢接。来人连抱带拖把他推上了车。

县长父亲虽不是公职人员，但县长带头把父亲火化了。县长父亲的骨灰已经装在了一个长方形的小盒子里。可是，兄弟姊妹商量好还是要棺葬。

这难死了独眼李！寿器做多长、多宽、多高？只能凭经验。呼呼的锯声，哗哗的刨木声，还是那么有声有色。寿器成型时，县长来了。他说："太小气了，要威武雄壮。"独眼李又拆掉，推倒重来，又加长、加宽、加高。县长看后说："你以为是外国人？太大了，太长了。独眼李，好好做，每返工一次付你2000元工钱。"独眼李又得返工。如此反复做了三次，县长还不满意。独眼李说："县长，您另请高明吧。"县长说："在县里没有我办不成的事，我加价，你每返工一次，付工钱5000元，够你种半年的田了。"

第二天，独眼李用纱布捂着右眼，让人牵着他向县长告辞。

"县长大人，右眼也伤了，无法再继续做了，另请高明吧。"从县长那里告辞后，他立即将纱布撕掉，健步如飞地跑回了家，工钱一分未取。

野渡口

野渡口平日里静静悄悄，平平常常，寡淡无味，日子随河水流淌。

近些日子，野渡口却少了宁静。泗河、摆渡、过往的行人都在说老倔得了神经病。

说的也是，老倔这些日子常来野渡口的大柳树上。

这柳树弯腰屈背，将躯干伸向河水之中。老倔像小时跨牛背一样跨在柳树背上，手里重复着一个极简单极简单的动作——团柳枝圈儿，并痴痴呆呆地单看流水，忘了吃饭，忘了日出日落。

人们思来想去，也难究根底。

老倔八字尚好，儿女半桌，都已成家立业。红砖屋宽敞，橘园果甜，桌面飘香。三兄弟轮着供养他，不需他做一分钱事，不用他操丝毫心。他才逢花甲，腰板硬朗，精神得很，可就是老伴早几年走了。

老倔弄成这样子，儿女们个个心急如焚。村子老人说是碰上了野鬼野菩萨，儿女们花钱大大方方地请了师公送鬼。老倔还是跨柳树背，团柳圈，看流水。送到医院，他啥事没说转头就走。十几分钟不见老倔，儿女们四下找遍，不见踪影。他们从医院返回，发现老倔正在柳树背上出神地望着河水缓缓流淌。

有一天很晚了，老倔从野渡口回去，极清醒、极兴奋地走到大儿子那去说："我今天看到一个年轻的女崽，19岁，穿一件红花衣，一条蓝裤子，头戴着一朵白里透红的花，梳着辫子，在水里漂着。哎，好好看呀。"说完，他脆脆地打了两个饱嗝，拍了拍屁股，悠然然就走了。

大儿子听后茅塞顿开，原来这老东西还想讨老伴。他跟两个弟弟商量，大家一致赞同。于是，他们就放出话去。没几天，邻村的媒婆就来说，她村里有个寡妇才50岁，心灵手巧的，蛮贤惠。大儿子悄悄地告诉了老倔。老倔两眼紧眨巴，最后说："不。"说了好几个，老倔都没同意。儿子们只好打消了这个念头。

老倔依然到野渡口痴痴呆呆望河水，天麻麻亮便去，三更半夜才回。泗河摆渡及过往的行人都惋惜老倔有福不会好好地享受。

日子就在老倔眼底，一天一天被望走。

一个夜晚，快十二点了，老倔急匆匆地敲开大儿子的门。大儿子见状，以为出了什么急事。老倔则神色飞扬地说："我今天看到一个年轻的女崽，19岁，穿一件红花衣，一条蓝裤子，头戴着一朵白里透红的花，梳着辫子，在水里漂着。哎，好好看呀。"说完，他嘴巴"吧吧"地响了几下，拍了拍屁股，悠然然地又往野渡口走去。大儿子喊他，他大声说他还要去看那个女崽。

第二天一早，人们发现野渡口的河面上漂着老倔的尸体。

后来，老倔的大儿子把老倔那两次讲的话复述给四奶奶听，四奶奶混浊的眼睛闪了点亮色，半晌没说话。

四奶奶在往后的闲聊中，讲到老倔，讲到了水面上的女崽，说人也怪，不能同沈却也共眠……

后　记

（一）

现在，回忆起来，我不得不承认，最初喜欢文学，并开始写一些文字，带有一定的功利性。时值 20 世纪 80 年代，正是在大街上拿个石头随意落下来可能都会打着一个诗人的文学狂热时代，刚从小山村走入县城读书的我，青春期荷尔蒙刚开始萌动的我，想当大作家、大诗人了。于是，开始到学校图书馆借阅中外文学名著，有时间就泡在阅览室读各类文学期刊，张洁的《沉重的翅膀》、李存葆的《高山上的花环》、叶蔚林的《没有航标的河流》、古华的《芙蓉镇》、莫应丰的《将军吟》、韩少功的《爸爸爸》、泰戈尔的《飞鸟集》、小仲马的《茶花女》、肖洛霍夫的《静静的顿河》，以及莫泊桑、契诃夫、托尔斯泰、卡夫卡、福楼拜等作家的部分作品，都是在那时如饥似渴、囫囵吞枣疯狂阅读的。

读过一段时间后，自己开始试着写小说和诗歌，诗歌处女作《我不愿》于 1986 年 9 月在当时地区群艺馆主办的《舜风》发表，收到样刊后，几乎彻夜未眠，兴奋至极。此后，先后在《潇湘》《中国校园文学》《青年文学》《百花园》《当代作家》《小作家》等期刊发表了小说和诗歌作品。并有幸于 1988 年夏日，参加当代著名诗人、词作家汤松波兄主办的阳明山笔会。笔会上，认识了《玉河十八滩》的作者、当时如日中天的杨克祥先生，他给我们上文学课，让我看到成为大作家的距离。笔会上，与赵军兄、松波兄、忠华兄桃园结义。赵军兄亦商亦文，做得风生水起；松波兄走出了湖南，唱响全国，成了中国作家协会、中国音乐家协会双"国"字号会员；忠华兄一直坚守和深耕生养我们的永山永水，他是永州诗歌创作的一面旗帜。他们是我人生的财富，陪伴我至今已 30 多年了。但是这次笔会，让我发现写作可能改变不了太多的人生轨迹。因此，对文学的热情就慢慢淡了下去，以致于后来读大学期间偶尔写文章，也只是作为一种能力的培养与展示了，不再追寻作家梦，文学离我越来越远。

（二）

我自己都无法相信，繁忙、啰嗦的商务工作之余，现在居然重新唤起离开了 30 多年的文学兴趣。

四年前，忠华兄、郭威兄、中瑜兄、忠民兄组了个小微信群，他们把我也拉了进去。这个群就是兄弟们交流、分享作品的小天地。我跟他们说，我只负责欣赏，肯定不会再写了。他们都赞同，我只看，想发表意见就发表，写不写，随便。我就默默地欣赏他们的作品，感受他们作品的成熟与优秀。这样的时间长达半年。后来，还是进入了他们设计的圈套，慢慢被拖下了水。2017年"五一"回家乡古城道州探亲，回到长沙后，我情不自禁地写了一组小诗，发到群里，大家给予了鼓励和表扬。写完后，发现自己很愉悦，发自内心深处的愉悦，久违的愉悦。

　　之后，就开始慢慢写作中篇小说《蓝色妖姬》。其实，这个小说在心中已孕育了长达20年。我原在衡阳工作时，一个亲戚高考考了三届，终于考到衡阳的一所专科学校。他大学毕业时想留在衡阳，我就想法把他分到了一家大型国企做技术员。他参加工作后，因为年纪比较大了，着急上火找对象，相亲了数个女孩，终于找到了一个愿意谈婚论嫁的人，可是有天晚上12点他下夜班回到租住屋，不知什么缘故，他失去理智把女友掐死了，自己则跳入了湘江，至今都是谜。至今我都无法相信一个文弱书生何以一下子失去理智走上不归之路？很多年来我都在内心责怪自己，假如不帮这个孩子，假如他去广东打工，会是一种什么样的结局？如果可以预见，我宁愿选择让他的家人责怪我不讲感情，也一定不会去帮他留在衡阳。很多年过去了，我都不敢去触碰，这是我内心隐秘的痛。这个故事，本身就是一个很好的小说素材。但我无力去挖掘，也不愿去挖掘。可是，这个影子总在我脑海里晃。所以，我动笔写出了《蓝色妖姬》。当然，我亲戚也不是这个小说中的人物，小说的情节也不是那些。他只是触动我要写作这个小说的影子。也说说《晒北滩》。其实，晒北滩是一个真实的地名，它位于湖南省金洞林场，一个靠近金水河的山村，20世纪60年代衡阳知青下放点之一。在阳明山山麓下，很寂静，很悠然，夏日度侵、消夏的好去处。我是去年夏天一个周末，与家人到那里休息了几天。我当时就跟妻子说，这个地名我很喜欢，我要用它写一篇小说。于是，放在心里长达半年，脑子里不停构思、折腾，设置人物与故事，有点像"十月怀胎"。刚好今年初闹新冠肺炎疫情，长时间放假在家，我就静下心把它写了出来，每天只码两三千字，有点专业作家写作的味道。当然，有些作品也是偶得的。《今夜就分手》就是这样一个作品。一次，我一个人开车跑在高速公路上，听着谭维维、扎西平措对唱的歌曲《窗》：*一个人的时候你总是看着窗/看见窗子里你自己的模样/你的眼睛泪汪汪/想要穿上花衣裳/你的眼睛泪汪汪*。歌声一下就把我深深地扎了。我把车停进安全岛，把这首歌设置为循环播放模式，听了数遍后，我的脑子就跳出"今夜就分手"五个字，于是就成了《今夜就分手》这个小说的引爆点，引爆了过往生活的一些积累，掘进生活的富矿。在写作这些小说的过程中，家乡的龙舟与母亲河潇水、曾经追求过的体制内生活经历、城乡二元冲突的感受等，常常鲜活地扑面而来，让我欲罢不能。这是纯粹的个人世界，我与文字对话，与内心对话，特别自我，特别自由，特别享受。有时，尽管很晚回到家，我也会进入书房，打开电脑，码上一些字，才会安心睡觉。

　　写作过程中，得到了郭威、忠华等兄弟们很好的建议，让我很快找到了叙述的路径。我的妻子周文源女士，她基本是我作品的第一个读者，每部作品都会认真阅读，谈她的感受和一些建议。松波兄也给了很多帮助和指导。正是大家的鼓励，三年来，每年写两三篇，至今已完成了十个中、短篇小说，且在《飞天》《湖南文学》《中华文学》《当代小说》《延河》等期刊大多发了出来。在此，一并致谢！

（三）

至今，我终于明白了，文学原是刻骨铭心的那份触动，熙熙攘攘街市里的那丝寂静，夜深人静时闪亮的那盏明灯，心灵深处不时涌动的情怀。曾经的离开，是为了更挚爱地归来，因为喜欢，因为享受，因为快乐。

2020 年 4 月 23 日